द व्हिसलिंग स्कूल बॉय और अन्य कहानियाँ

रस्किन बॉन्ड अपनी विशिष्ट सरल और हाजिर जवाब लेखन शैली के लिए जाने जाते हैं। उन्होंने कई सर्वाधिक बिकने वाली लघु कहानियों, उपन्यासों, संग्रहों, निबंधों और बच्चों की किताबों का लेखन किया है; इसके अलावा उन्होंने विभिन्न पत्रिकाओं और संकलनों में कई कविताएँ और लेखों का योगदान दिया है। मात्र तेईस साल की उम्र में, उन्होंने अपने पहले उपन्यास, द रूम ऑन द रूफ के लिए प्रतिष्ठित जॉन लेवेलिन राइस पुरस्कार जीता था। इसके अलावा उन्हें 1999 में पद्म श्री, 2012 में दिल्ली सरकार द्वारा लाइफटाइम अचीवमेंट अवार्ड और 2014 में पद्म भूषण से भी नवाजा गया।

1934 में जन्मे रस्किन बॉन्ड का पालन-पोषण जामनगर, शिमला, नई दिल्ली और देहरादून में हुआ। यूके में तीन साल रहने के अलावा, उन्होंने अपना पूरा जीवन भारत में ही बिताया है, और वर्तमान में वह अपने गोद लिए हुए परिवार के साथ लंढौर, मसूरी में रहते हैं.

रस्किन बॉंड

द व्हिसलिंग स्कूल बॉय और अन्य कहानियाँ

रूपा

प्रकाशित
रूपा पब्लिकेशंस इंडिया प्राइवेट लिमिटेड 2024
7/16, अंसारी रोड, दरियागंज
नई दिल्ली 110002

सेल्स सेन्टर:
बैंगलुरू चेन्नई
हैदराबाद जयपुर काठमाण्डू
कोलकाता मुम्बई प्रयागराज

P-ISBN: 978-93-6156-603-5
E-ISBN: 978-93-6156-963-0

प्रथम संस्करण 2024

10 9 8 7 6 5 4 3 2 1

भारत में मुद्रित

विषय सूची

प्रस्तावना vii

1. हम चार पंखुड़ियाँ 1
2. तैयार हो जाओ 8
3. मिस बैब्कोक की बड़ी उँगली 13
4. देखो, श्रीमान ओलिवर आये हैं! 17
5. रणजी का शानदार बल्ला (बैट) 25
6. मगरमच्छ के लिए क्रिकेट 35
7. द व्हिसलिंग स्कूल बॉय 50
8. देवदार के घने जंगल के बीच में स्कूल 58
9. कोकी भी क्रिकेट खेलती है 86
10. बड़ोग में नाश्ता 94
11. ग्लेशियर पर पहुंचे चार लड़के 102
12. रात के अँधेरे में एक चेहरा 108
13. चकराता की बिल्ली 111
14. शिमला में खेल का मैदान 116
15. कभी-कभी स्कूल मस्ती का अड्डा लगता था 126
16. एक रूपया जिसने लम्बा सफर तय किया 129

प्रस्तावना

स्कूल के वे सुनहरे दिन बिना किसी शक के सबसे सुहावने पलों में से एक थे, उस वक्त परेशानियों का मतलब बस इतना ही होता था, कि आपका होम वर्क लंबित पड़ा रहना, स्कूल के जूतों में पॉलिश न होना, या फिर पसंदीदा स्नैक को खरीदने के लिए पर्याप्त पॉकेट मनी न होना ही था!

ये दिन हमारे अस्तित्व से जुड़ी पहली सीढ़ी है, जो हमें आगे जिन्दगी में होने वाले उतार-चढ़ाव से गुजरना सिखाती है। स्कूल के दौरान ही हम लोगों के साथ अटूट रिश्ते और यादें संजोते है। क्लास रूम विभिन्न संस्कृतियों, और लोगों के विचारों का समागम स्थल बन जाता है, जबकि स्कूल के गलियारे हंसी और अठखेलियों से भरे रहते थे; लकड़ी की मेजे, शौचालय के दरवाजे और पेड़ों की छाल कैनवस और गुप्त डायरियां बन जाती थी; स्कूल का बैग, पेन पेंसिल का डिब्बा और टिफिन बॉक्स अपने अंदर उम्मीद, जिज्ञासा और भोलेपन को पैक करता था; चोट खाए घुटने, पसीने से भरी यूनीफार्म और धूल में सने जूते हमारी जिन्दगी की रोजमर्रा की आदत में शुमार हो चुका होता है और उस दौर में हमारे शिक्षक हमारे अनौपचारिक अभिभावक बन जाते हैं। इससे पहले कि हमें इस बात का एहसास भी हो, हमारे स्कूल हमारा दूसरा घर, यानि आश्रय स्थल के रूप तब्दील हो जाते हैं। हम सभी ने अपनी जिंदगियों में कभी न कभी, व्यस्त टाइम टेबल को नापसंद किया होगा, या न खत्म होने वाली कक्षाओं से भागे होंगे या फिर अपने शिक्षकों की डांट-फटकार को अनसुना किया होगा। हालाँकि यह भी सच है कि आज जो कुछ बेशकीमती सबक और संस्कार हमारे पास है वे सभी उन्ही लोगों की बदौलत हमें हासिल हुआ है। हमने न केवल

पाठ्यपुस्तकों और टेक्स्टबुक के माध्यम से, बल्कि अपनी बेवकूफी भरी गलतियों, न बुझ सकने वाली आपार जानने की जिज्ञासा और स्कूल के रोजमर्रा रोमांच के माध्यम से भी बहुत कुछ सीखा।

यह किताब आपके हाथ को थामकर आपको उन धूपदार, चित-परिचित स्कूल के गलियारों में ले जाना चाहती है जिन्हें हम सभी पसंद करते हैं। इस किताब में शिक्षकों की खट्टी-मीठी नोकझोंक, छात्रों की अनजानी गलतियों, भाई-चारे की रमणीय कहानियों के साथ-साथ कुछ व्यक्तिगत यादों की कहानियां भी भरी हुई हैं। चार स्कूली दोस्तों की दिल छू लेने वाली टीम वर्क से लेकर, स्काउट् की मनोरंजक कैंपिंग, प्रतिद्वंद्वी टीमों के बीच रोमांचकारी क्रिकेट मैच, एक युवा लड़के का पुराने एक रुपये के सिक्के के साथ बाजार की यात्रा तक, आपको इस किताब में सब कुछ मिलेगा। वाकई में, यह किताब आपका एक टिफिन-बॉक्स है जिसमें स्कूल के दौर के न जाने कितने स्वाद भरे हुए हैं। इनमें से कुछ मीठे, कुछ कड़वे और अधिकांश न भूल पाने वाले है।

हम चार पंखुड़ियाँ

हमारे स्कूल की डारमेट्री का कमरा बहुत लम्बा था जिसमें कि लगभग तीस चारपाई हुआ करती थी, यानि कि कमरे के प्रत्येक तरफ पंद्रह चारपाई थी। यह 'तकिया-युद्ध' के लिए खास थी। इस कमरे में हम जैसे छोटे लड़को को इधर-उधर लोटने-पोटने, आपस में भिड़ने के लिए काफी जगह थी, जहाँ पर पांचवी क्लास के बच्चे छठी क्लास के लड़कों के साथ गुथम-गुथा किया करते थे। फिर क्या था तकिया और उसमे भरी रुई उस वक़्त तक उड़ती रहती थी जबतक कि "फिशी आ गया" या ओल्ली आ गया! की जोर से आवाज नहीं आती थी। और फिर धीमे-धीमे कदमों से स्कूल के हेडमास्टर श्रीमान फिशर, या फिर सीनियर मास्टर श्रीमान ओलिवर अपने हाथ में छड़ी लिए मच रहे शोर-शराबे को खत्म करने के लिए पहुँच जाते थे। हालाँकि तकिये से लड़ाई करने की उस हद तक छूट थी कि हम एक-दूसरे को किसी तरह से चोटिल न करें। लेकिन कभी-कभी जब शिक्षण-सत्र के बाद कोई लड़का बिना रुई का तकिया लेकर घर पहुँचता था तो उन बच्चों के मां-बाप स्कूल में शिकायत दर्ज करा देते थे।

शिमला में, प्राथमिक स्कूल के आखिरी साल में, हम चार ऐसे दोस्त थे जो कि बहुत घनिष्ठ मित्र थे। बिमल का घर बॉम्बे में था, जबकि रिआज लाहौर से आया था; ब्रान वेल्लोर का रहने वाला था; और चौथा पंखुड़ी मैं, जो की इस कहानी का कथाकार भी हूँ, मेरा अपना घर मेरे पिता के तबादले के अनुसार इधर-उधर बदलता रहता था। यहाँ मैं यह बताना ठीक समझता हूँ कि उस वक़्त, मेरे पिता एयर फोर्स में नौकरी किया करते थे।

हम दोस्त अपने आपको 'चार पंखुड़ियाँ' कहा करते थे। पंखुड़ियाँ

इस बात का प्रतीक थी कि हम चारों एक-दूसरे के साहसिक कामों में, लँगोटियाँ यारी में, गोल मेज की शूरवीरता के साथी हुआ करते थे। बिमल ने मोर के पंख को अपना प्रतीक चिन्ह बना लिया था, वह हमेशा अपने आपको कुछ ज्यादा ही दिखाया करता था। रिआज ने बाज का पंख अपने लिए चुना था, हालाँकि बहुत खोजने के बाद भी हमें यह पंख नहीं मिल सका। ब्रान और मुझे पहले कौआ और मुर्गी के पंख से नवाजा गया, लेकिन हमने इसका पूरी तरह से विरोध किया और इस समूह से बाहर निकलने तक की धमकी भी दे डाली। आखिर में, मैं तोते के पंख (जिसे श्रीमान फिशर के पालतू तोते से निकाला गया था) से सहमत हुआ, और ब्रान ने अपने आपको को कठफोड़वा के पंख से नवाजा जो कि उसके लिए उपयुक्त था क्योंकि वह हमेशा इधर-उधर चीजों को ठोकर मारा करता था।

बिमल के हाथ-पैर बहुत पतले और नाजुक थे और कभी-कभी तो ऐसा लगता था कि मानो वह हवा में चल रहा हो। हम डिज्नी फिल्म के एक किरदार छोटे मासूम हिरन के नाम पर उसे 'बाम्बी' पुकारा करते थे। दूसरी तरफ रिआज दिखने में डील-डोल वाला लड़का था, वह खेल में अच्छा था पर पढ़ाई में कुछ खास नहीं था, लेकिन हाँ, उसका स्वभाव व्यवहारिक था और हमेशा मुस्कराता रहता था।

ब्रान दक्षिण भारत का गहरा भूरे रंग का खूबसूरत दिखाई देने वाला परन्तु थोड़ा बिगड़ैल बच्चा था, जिसे क्रिकेट मैच में आउट घोषित किये जाने से नफरत थी और वह मैदान छोड़ने से इनकार कर देता था! इसके बावजूद भी वह हमारा एक प्यारा और भरोसेमंद दोस्त था। मैं खुद एक 'कथाकार' था, जिसे उलझनों से निकलने के लिए नयी-नयी कहानियां बनाना अच्छा लगता था। परन्तु गणित में असफल था, और इसका अंदाजा मेरे गणित में प्राप्त किये गए सबसे अधिक अंक से लगाया जा सकता था, जो कि सौ में से मात्र बाईस ही थे।

रविवार दोपहर में, जब हमारी कोई क्लास या तयशुदा खेल नहीं होता था तब हमें स्कूल के नीचे की पहाड़ी पर घूमने और मस्ती करने की इजाजत मिल जाया करती थी। वहां पर हम चार पंखुड़ियाँ गर्मियों

की छोटी-छोटी घास पर लेट जाया करते थे, और घर से भेजे गये खाने की चीजो को आपस में बांटकर खाया करते थे, कॉमिक्स (कभी किताबें भी) पढ़ा करते तथा सर्दी की लम्बी छुट्टियाँ को लेकर योजनायें बनाया करते थे। मेरे पिता जी जो कि मेरे लिए डाक टिकट से लेकर समुंदरी सीपियाँ तक सभी कुछ इकट्ठा किया करते थे, उन्होंने मुझे एक तितली पकड़ने वाला नेट देकर हिदायत दी थी कि मैं सिर्फ ऐसी दुर्लभ पाई जाने वाली तितलियों को ही पकड़ने की कोशिश करूं, जो कि सिर्फ छोटे शिमला के आस-पास ही पायी जाती थीं। उन्होंने उसके बारे में बताया कि यह एक बड़ी बेंगानी तितली (पर्पल बटरफ्लाई) थी जिसका पंख पीला और बॉर्डर काले रंग का था। मेरे ख्याल से उसे पर्पल एम्परर कहा जाता था। चूकि मुझे बहुत बेहतर तरीके से तितलियों को पहचानना नहीं आता था, इसलिए मैं किसी भी तितली को पकड़ने के लिए उसके पीछे पड़ जाता था, फिर चाहे वह रेड एडमिरल हो या फिर क्लौडेड येलो हो या फिर वह कैबेज वाइटस ही क्यों न हों। परन्तु बहुत कम पाई जाने वाली तितली, पर्पल एम्परर ही संग्रहकर्ताओं की सबसे अधिक पसंदीदा तितलियों में से एक थी, अंततः यह मेरे लिए मायावी साबित हुई। मुझे समझ में आ गया था कि मुझे अपने भाग्य की दिशा को कहीं और आजमाना होगा।

एक दिन, स्कूल के नीचे की पहाड़ियों और झाड़ियों के झुरमुट में घूमते हुए, मैं लगभग एक नये-नवेले स्प्रूस के पेड़ के नीचे पड़ी एक छोटी सी गठरी पर जा गिरा। गठरी को करीब से देखने पर मुझे पता चला कि गठरी में एक नवजात शिशु था जो कि पुराने फटे हुए कंबल में लिपटा हुआ था।

मैंने जोर से चिल्लाकर अपने दोस्तों को बुलाया और कहा 'यहाँ आओ और देखो, एक नवजात बच्चा यहाँ पर पड़ा हुआ है!'

मेरे दोस्त तुरंत उस जगह पर पहुँच गए जहाँ मैं मौजूद था और फिर हम सभी उस बच्चे को जो कि सोया हुआ था, टकटकी लगाकर निहारते रहे।

पहाड़ी पर बच्चे को कौन छोड़ेगा? यह सवाल बिमल ने किसी एक

से न पूछकर हम सभी से किया था।

ब्रान ने जवाब में कहा कि वह कोई भी हो सकता है, जो कि इस बच्चे को नहीं चाहता हो।

रिआज ने ब्रान की बात को आगे बढ़ाते हुए कहा कि इस बच्चे को इस उम्मीद के साथ यहाँ छोड़ दिया गया होगा कि कोई न कोई इन्सान यहाँ से गुजरेगा और इस नवजात को देखकर इसे अपने पास रख लेगा।

मैंने कहा, 'पर यह भी तो हो सकता है कि किसी इन्सान के बजाय यहाँ तेंदुआ आ जाये।' 'न बाबा न इसे यहाँ किसी भी हाल में नहीं छोड़ा जा सकता है।'

'ठीक है, फिर हमें ही इसे अपनाना पड़ेगा,' बिमल ने बोला।

ब्रान ने विरोध करते हुए कहा, 'हम बच्चे को नहीं अपना सकते।'

'क्यों नहीं?'

'ऐसा करने से पहले हमे शादी करनी होगी।'

'हम ऐसा नहीं कर सकते है।'

'बेवकूफ, हम नहीं। बल्कि कोई बड़ा इस बच्चे को गोद ले सकता है और पाल सकता है।'

'पर इस उम्मीद पर हम इसको यहाँ पर तो नहीं छोड़ सकते है न, कि कोई बड़ा यहाँ आयेगा और इसे ले जायेगा,' मैंने तुरन्त जवाब दिया।

रिआज ने कहा, 'हमें तो यह भी नहीं पता है कि आखिर यह बच्चा लड़का है या फिर लड़की।'

'इससे क्या फर्क पड़ता है। बच्चा तो बच्चा होता है। चलो हम इसे स्कूल लेकर चलते है।'

'और इसे अपनी डारमेट्री में रख लेते है?'

'बिलकुल नहीं, इसे आखिर कौन खिलायेगा? बच्चे को दूध की जरूरत होती है। ऐसा करते है, हम इस बच्चे को श्रीमती फिशर को देते हैं। वैसे भी उनके पास अपना कोई बच्चा नहीं है।'

'हो सकता है वह बच्चा नहीं चाहती हों। अरे! देखो यह रोने लगा है। चलो जल्दी करते है!'

रिआज ने जागते और रो रहे बच्चे को उठाया और बिमल को दे

दिया, जिसने उस बच्चे को ब्रान की ओर बढ़ा दिया, और फिर उसने उस बच्चे को मेरी गोद में डाल दिया। इसके बाद हम चारों उस रोते हुए बच्चे के साथ पहाड़ी पर चढ़ते हुए स्कूल की तरफ बढ़ने लगे।

मैंने शिकायत भरे अंदाज में कहा, 'देखो! अब इसने कंबल में पोट्टी कर दी है।' 'और इसके कुछ छींटे मेरी शर्ट/कमीज पर भी पड़ गए हैं।'

बिमल ने कहा, 'कोई बात नहीं।' यह किसी अच्छाई के लिए हुआ है। याद रखो कि तुम एक बाल स्काउट हो? तुम्हें लोगों की तकलीफों में उनकी मदद करनी चाहिये।'

जब हम स्कूल पहुंचे तो हेडमास्टर और उनकी बीवी ड्राइंग रूम में बैठकर शाम की चाय और केक का लुत्फ उठा रहे थे। हमने आहिस्ता से अपने कदमों को अंदर रखा, और फिर अचानक बिमल ने घोषणा करते हुए कहा, 'हम श्रीमती फिशर के लिए कुछ लाये हैं।'

मेरे हाथ में पड़ी पोटली पर श्रीमती फिशर ने नजर डालते ही चीख पड़ीं 'बांड, तुम यहाँ यह क्या लेकर आ गए हो?'

'मैम, एक बच्चा है। मुझे लगता है यह एक लड़की है। क्या आप इसे पालना पसंद करेंगी?

श्रीमती फिशर यह सुनकर सन्न रह गयी और फिर अपने हाथों को उत्तेजना में लहराते हुए, अपने पति की तरफ मुड़ी और बोली, 'फ्रैंक हम क्या करें? इन बच्चों ने तो हद ही कर दी है। देखो! ये किसी का बच्चा उठा लाये है!'

फिशर ने टेलीफोन की ओर बढ़ते हुए कहा, 'हमे इसके बारे में पुलिस को सूचित करना होगा।' 'हम स्कूल में गुमशुदा बच्चे को नहीं रख सकते हैं।'

तभी हमें बाहर शोर सुनाई पड़ा। और गुस्से में बदहवास औरत जिसके कपड़े बिखरे हुए थे, किसी एक गाँव के कई आदमियों के साथ आगे के गेट से अंदर दाखिल हुई। वह बदहवास दौड़ते हुए हमारे पास आकर रुकी फिर, 'मेरा बच्चा, मेरा बच्चा! तुम लोगों ने मेरा बच्चा चुराया है' चिल्ला-चिल्लाकर कहने लगी।

मैंने हकलाते हुए कहा, 'हमें तो यह बच्चा पहाड़ी पर मिला है।'

ब्रान ने साथ देते हुए कहा, 'यह बिलकुल ठीक कह रहा है।' 'हम तो इसके रखवाले है।'

श्रीमान फिशर ने अपने हाथों को ऊपर उठाया और निहायत दोस्ताना अंदाज में गाँव वासियों को संबोधित करते कहा, कृपा शांत हो जाइये।' 'इन बच्चों को यह बच्चा पहाड़ी पर अकेला पड़ा हुआ मिला था और यह इसे यहाँ ले आये। इससे पहले कि....'

'इससे पहले कि इसे लकड़बग्घा उठाकर ले जाता।' मैं बोल उठा।

बिलकुल ठीक; बांड। और फिर फिशर ने उस औरत से पूछा, 'तुमने अपने बच्चे को अकेला क्यों छोड़ा था?'

उस औरत ने कहा कि मैं पांच मिनट के लिए इसे नीचे छोड़ कर आलूबुखारे के पेड़ पर उसके पत्ते तोड़ने के लिए चढ़ी थी। और फिर जब मैं नीचे उतरी, तो मेरा बच्चा गायब हो चुका था! लेकिन मैं उसके रोने की आवाज पहाड़ी पर सुन सकती थी। मैंने तुरन्त कुछ मर्दों को बुलाया, और फिर उसे ढूंढते हुए हम यहाँ आ पहुंचे।'

मैंने उस बच्चे को उसकी गोद में देते हुए कहा, 'लो यह है तुम्हारा बच्चा।' तब तक मैं भी उस बच्चे से निजात पाने के लिए आतुर था! ये पाकर खुशी महसूस कर रहा था! मैंने आगे कहा, 'आगे इस बच्चे की अच्छी तरह से देखभाल करना।'

उसने चिल्लाकर मुझे 'अपहरणकर्ता' घोषित कर दिया।

श्रीमान फिशर किसी तरह से गांव वासियों के गुस्से को शांत करने में सफल रहे। उन्होंने उन गांव वासियों को बताया कि हम अच्छे स्काउट है। और हम हमेशा लोगों की मदद के लिए तत्पर रहते है।

मैंने तुरन्त श्रीमान फिशर के शब्दों को आगे बढ़ाते हुए कहा, 'सर, स्काउट का तीसरा नियम है कि हमेशा उपयोगी और मददगार बनो।'

और तब हेडमास्टर जी गाँव वालों की तरफ़ मुखातिब हुए। 'मैं आप लोगों को अवगत करा दूँ कि वे पल्म के पेड़ स्कूल की सम्पति है। आडू और खुबानी के भी पेड़ हमारे ही हैं। अब मुझे समझ में आया कि हमारे पेड़ इतने तेजी से खत्म कैसे होते जा रहे है!'

हेडमास्टर की नाराजगी को भांप कर आये लोगों ने थोड़ा अपमानित

महसूस किया और फिर वहां से चलते बने।

श्रीमान फिशर अपनी केन की तरफ बढ़े। पर जिस तरह से उन्होंने उसे सहलाया मैं समझ गया था कि उनका हाथ हमारे पिछवाड़े पर इस्तेमाल करने के लिए लालायित हैं।

तभी हमारी तरफदारी करते हुए श्रीमती फिशर दखल देते हुए बोली, नहीं, फ्रैंक, इन बच्चों के द्वारा उस छोटे से बच्चे की देखभाल सचमुच में एक प्यारा काम था। और बांड को तो देखो- उसके पहने हुए कपड़े बच्चे की पौटी से भरे हुए है।'

'बिलकुल पूरी तरह से सना हुआ है। तुम सभी जाओ और जाकर नहाओ। और तुम किस बात पर मुसकुरा रहे हो, बांड?

'स्काउट कानून नंबर आठ के तहत सर, एक स्काउट सभी मुश्किलों के दौरान मुसकुराता और सीटी बजाता है।'

और इस तरह से चार पंखुड़ियों के पहले साहसिक काम का अंत हुआ।

तैयार हो जाओ

पहले कभी मैं एक बाल प्रहरी (स्काउट) हुआ करता था, लेकिन इसके बावजूद भी मैं स्लिप क्नॉट (झटके से खुलने वाली गांठ) और ग्रैनी क्नॉट (पाले को बंधने वाली गांठ) में, या थीफ क्नॉट (चोर गांठ) से रीफ क्नॉट (दोहरी गांठ) के बीच के किसी फर्क को नहीं बता सकता था। हाँ! मैं इतना जानता था कि थीफ क्नॉट का इस्तेमाल चोर को बांधने के लिए किया जाता था, और शायद इसका इस्तेमाल उसे पकड़ने में भी किया जाता हो।

मैंने कभी भी किसी चोर को नहीं पकड़ा था, और चूंकि सही गांठ मैं नहीं बांध सकता हूँ इसी वजह से मुझे इसके इस्तेमाल के बारे में कोई जानकारी नहीं थी। मैं तो चोर को सिर्फ चेतावनी देकर छोड़ दिया करता था। साथ ही उनसे बाल प्रहरी बनने का आग्रह किया करता था।

'तैयार रहो' यही एक बाल प्रहरी का उद्देश्य होता था। और यह काफी अच्छा भी था। मगर मैं शायद कभी भी किसी चीज के लिए तैयार नहीं रहता था, फिर चाहे वह कोई परीक्षा हो या यात्रा या फिर मेरे कमरे की छत्त का ही उड़ना ही क्यों न हो। यहाँ तक कि मैं भाषण का एक हिस्सा बोलने के बाद भी यह याद नहीं कर पाता था कि आगे क्या बोलना है। या फिर अपने किसी दोस्त की शादी में शरीक होने के लिए नया सूट तैयार कराता था, और फिर पायजामा पहन कर ही शादी में शामिल हो जाया करता था।

इस तरह यह एक सवाल था कि आखिर कैसे एक अव्यह्वारिक लड़का, बाल प्रहरी के रूप में अपने आपको बचा सका था?

ऐसा प्रतीत होता है कि जूनियर स्कूल (मैं उस समय जूनियर स्कूल का छात्र था) में मेरे लिए एक अफवाह थी कि मैं लजीज खाना बनाना

जानता हूँ, पर सच्चाई यह थी कि मैंने अपनी जिन्दगी में कभी भी खाना नहीं बनाया था। हाँ, यह जरुर था कि मैंने मिठाई और समोसे की दुकान पर अपना बहुत सा वक्त चिम्पू के साथ गुजारा था, जहाँ पर मैं चिम्पू को सलाह देकर बेहतरीन समोसे, जलेबी, टिक्की और पकोड़े बनाने के लिए उत्साहित किया करता था। मेरी अनचाही सलाह के बदले में वह मुझे कभी-कभी मुफ्त में एक समोसा दे दिया करता था। इस उपकार के बदले में, मैं उसे एक दोस्त और उपकारी के रूप में देखा करता था। इस जानकारी या तालीम के बदौलत मुझे कुकरी बैज से नवाजा गया और बल प्रहरी की हमारी टुकड़ी के खाद आपूर्ति की जिम्मेदारी मेरे सुपुर्द कर दी गयी थी।

हमारी टुकड़ी में लगभग कुल बीस बाल प्रहरी थे। गर्मी की छुट्टी के दौरान हमारे स्काउट मास्टर, श्रीमान ओलिवर हमें कैम्पिंग के लिए शिमला से कुछ मील बाहर स्थित तारा देवी नामक एक पर्वत के शिखर पर बने मंदिर पर ले जाते थे। पहली रात को हमसे मसलन आलू, प्याज, मटर छीलने और मसाला कूटने जैसे कामों को करवाया जाता था। एक बार तमाम मसाले के तैयार हो जाने के बाद मुझसे एक टुकड़ी के कुकरी एक्सपर्ट के रूप में पूछा जाता था- अब इस मसाले का क्या करना चाहिये।

मैं आदेश देता, 'इसको उस बड़े से देगची में डालकर घी का आधा क्नास्तर इसमें डाल दो, फिर इसमें कुछ बिच्छू की पत्तियाँ डाल कर कम से कम आधा घंटे तक पकने दो।'

जब वह पक जाता और सभी बाल प्रहरी उसको चखने के बाद एक राय बनाते कि व्यंजन/खाने में किसी चीज की कमी है। तब मैं कुछ नमक को डालने की सलाह देता था।

इसके बाद उसमें नमक डाला जाता था। लेकिन अभी भी किसी चीज की कमी महसूस होती थी। इसके बाद मैं उस खाने में एक प्याला चीनी को डालने का आदेश दे देता था।

मसाले के मिक्ष्रण में चीनी को डाल दिया जाता था, लेकिन इसके बावजूद भी किसी चीज का एहसास होता था।

तभी हमारे बीच के एक बाल प्रहरी ने कहा, 'हम टमाटर डालना भूल गए हैं।' 'कोई बात नहीं,' मैं बोला। 'हमारे पास टमाटर की चटनी है। एक बोतल उसे ही इसमें डाल दो!'

दूसरा प्रहरी बोले, 'सिरके के बारे में ख्याल है?' मैं तुरन्त बोला, 'बिलकुल, यह सबसे बेहतरीन चीज है।' 'ऐसा करो एक प्याला सिरके का इसमें डाल दो!'

तभी किसी ने चखते हुए कहा, 'अब यह तो बहुत ही ज्यादा खट्टा हो गया है।'

मैं तुरन्त पूछता कि हम कौनसा जैम लेकर आये है।

किसी का जवाब आता,'करोंदे का।'

'ठीक है, उसकी पूरी बोतल इसमें डाल दो!'

अंतत: पकवान बहुत ही स्वादिष्ट हो गया, और श्रीमान ओलिवर जिनको कि इसके बारे में कोई जानकारी नहीं होती थी, के साथ हम सभी ने भरपूर स्वाद लेकर उस पकवान को खाया।

ओलिवर ने जानना चाहा कि इस पकवान को किस नाम से पुकारा जाता है?

मैं बोला, 'यह एक आल इंडियन स्वीट एंड सौर जैम पोटैटो करी है।'

तुरन्त किसी बाल प्रहरी ने कहा, 'फिलहाल इसके छोटे रूप में आप इसे बांड भुज्जिया कह सकते हैं।' और इस तरह से मुझे एक कुक होने की पदवी से सम्मानित किया गया!

बेचारे श्रीमान ओलिवर, वास्तव में कभी भी एक स्काउट मास्टर नहीं बने रह सके जबकि मैंने एक बाल प्रहरी के रूप में बाजी मार ली थी।

अगले दिन, उन्होंने हमसे कहा कि वह हमें ट्रैकिंग करना सिखायेंगे। आधा घंटे की शुरुआती यात्रा के बाद, वह जंगल की तरफ बढ़ गए, और अपने पीछे उन्होंने टूटी हुई टहनी, मुर्गी के पर, देवदार के शंकु (कोन) और शाहबलूत (चेस्टनट) की निशानियाँ छोड़ी हुई थीं। हम लोगों ने उस वक्त तक उन चिन्हों का पीछा किया जबतक कि हमने उन्हें ढूँढ नहीं लिया।

दुर्भाग्यवश हम अच्छे ट्रैकर नहीं थे। हम सिर्फ किसी तरह से श्रीमान

ओलिवर के पदचिन्हों का अनुसरण करते जंगल में पहुँच गए थे, लेकिन फिर रास्ते में आने वाले साफ पानी की झील के प्रति आकर्षित होकर अपने लक्ष्य से भटक गए। ऐसा लगा कि मानो वह हमें बुला रही हो। हमने अपने यूनिफार्म को उतारा और फिर उस झील में कूद पड़े और इसके बाद क्या था हमने वहां खूब सारा शानदार वक़्त उस झील में तैरने और हरी घास से भरे उसके किनारे पर लेट कर सूरज की रोशनी का आनंद लेते हुए बिताया। इसके कई घंटों के बाद जब हमें भूख लगने लगी तो हम सभी अपने कैंप स्थल पर वापस आ गए और शाम के खाने की तैयारियों में एक बार फिर से जुट गए। एक बार फिर से बांड भुज्जिया की तैयारी शुरू हो गयी, लेकिन कुछ बदलाव के साथ।

अब अँधेरा होने लगा था, और हमें श्रीमान ओलिवर कहा होंगे इसकी फिक्र सताने लगी थी। तभी वह दो स्थानीय गाँव वासियों की मदद से लंगड़ाते हुए कैंप में दाखिल हुए। पता चला कि उन्होंने कुछ घंटे जंगल के दूसरे सिरे पर पहुंचकर हमारा इंतजार किया, पर जब हम वहां नहीं पहुंचे तो उन्होंने खुद के पदचिन्हों का अनुसरण करते हुए वापस लौटने का निर्णय लिया। लेकिन जल्दी ही जंगल की हसीन वादियों में वह खो गए। मंदिर से घर लौटते हुए एक ग्रामीणों के समूह ने उनकी मदद की और उन्हें वापस कैंप में पहुँचाया। वह बहुत गुस्से में थे और उन्होंने हमारे द्वारा किये गए अच्छे कामों और दूसरे चीजों को जिसे अपने साथ हमारे लिए बटोर कर रखा था, अब हमें उन सभी चीजों को उन्हें वापस करना पड़ा। मुझे अपने कुक होने की पदवी को वापस करना पड़ा।

एक घंटे के बाद जब हम सभी अपने सोने के बैग्स में जाने की तैयारी कर रहे थे, तभी श्रीमान ओलिवर की आवाज आयी,' खाना कहाँ है?'

हममें से किसी एक प्रहरी ने कहा कि हम सभी ने खाना खा लिया और अब सब कुछ खत्म हो चूका है।

'बांड कहाँ है? शायद वह कुक था। बांड उठो और मेरे लिए आमलेट तैयार करो।'

'सर, मैं नहीं कर सकता हूँ।'

'आखिर क्यों नहीं?'

'आपने मेरा यह पद मुझसे छीन लिया है। मुझे इसके बगैर खाना बनाने की इजाजत नहीं है। सर, स्काउट नियमावली यही कहती है।'

मैंने तो ऐसे किसी भी नियम के बारे में इससे पहले नहीं सुना। खैर, तुम सभी अपना पद वापस ले सकते हो। हम लोग कल स्कूल वापस जा रहे हैं।'

इसके बाद श्रीमान ओलिवर आवेश में अपने टेंट में वापस आ गए।

लेकिन मैंने उनके आदेश का पालन किया और एक शानदार आमलेट उनके लिए बनाया, जिसे मैंने सिंहपर्णी (देन्दोलियन) की पतियों और एक मिर्च से सजाया।

श्रीमान ओलिवर ने आमलेट को चखते हुए स्वीकार किया कि उन्होंने कभी भी ऐसा आमलेट पहले नहीं खाया था।

'क्या आप और खाना पसंद करेंगे, सर?'

'कल, बांड कल। कल हम जल्दी नाश्ता करेंगे।'

मगर इससे पहले कि हम औपचारिक तौर पर अपने कैंप को ध्वस्त करते, इससे पहले ही हमें अपने को हटाना पड़ गया, क्योंकि अगले दिन की सुबह होते ही एक भालू हमारे कैंप में घुस गया और जिस टेंट में हमारे कैंप की खाद सामग्री रखी हुई थी, वहां पहुँच कर हमारे सामानों के साथ उथल-पुथल मचा दी, यहाँ तक कि उसने हमारी सबसे बड़ी देगची को पहाड़ से नीचे लुड़का दिया।

उसके बाद मची हड़कंप में, भालू मिस्टर ऑलिवर के टेंट में घुस गया (मगर हमारे स्काउट मास्टर संयोग से पहले ही अपने टेंट से बाहर आ चुके थे) और वह भालू उनके गाउन में अपने आपको लपेट कर उस टेंट से बाहर आया। उसके बाद, वह भालू उन्हीं लिबास में लिप्त हुआ जंगल की तरफ बढ़ गया। लिपटा हुआ लिबास उसको हास्यास्पद बना रहा था।

और यदपि हम बहादुर छोटे प्रहरी की एक टुकड़ी थे, परन्तु हमें लगा कि यह बेहतर होगा कि हम भालू को गाउन उसके पास ही पास रखने दे।

मिस बैब्कोक की बड़ी उँगली

यदि किन्हीं दो लोगों को लम्बे वक़्त के लिए एक दूसरे के साथ छोड़ दिया जाये, तो वे या तो बहुत खास दोस्त बन सकते हैं या फिर जानी दुश्मन। कुछ इसी तरह से मेरे और टाटा के साथ भी हुआ जब हम दोनों को मम्प्स हो गया था तो फिर हम दोनों को एक दूसरे के साथ स्कूल के अस्पताल में पखवाड़ा बिताना पड़ा। हालाँकि यह पूरी तरह से एक अस्पताल नहीं था, बल्कि छोटा शिमला में हमारे प्राथमिक स्कूल के पास से गुजरती सड़क पर स्थित छोटे से कॉटेज में एक पांच बिस्तरों का वार्ड था। इस अस्पताल की देखरेख करती थीं एक रिटायर्ड नर्स, जो कि एक बूढ़ी मैट्रन थी और उन्हें मिस बैब्कोक के नाम से जाना जाता था। वह पूरी तरह से बहरी थीं।

मिस बैब्कोक एक काबिल नर्स थी, लेकिन वह एक अधीर, बात का बतंगड़ बनाने वाली महिला थी, और वह हमेशा ही अस्पताल के वार्ड से दवाई खाना और फिर अपने कमरे का चक्कर लगाया करती थी। इसलिए लड़के उन्हें शटल कॉक कहा करते थे। चूकि वह हमें सुन नहीं पाती थी इसलिए बुरा भी नहीं माना करती थी। लेकिन उनके न सुन पाने की समस्या उनके और उनके मरीजों के लिए परेशानी का सबब थी। यदि देर रात में कोई बीमार पड़ जाए, तो उस मरीज को चिल्लाना या घंटी बजानी पड़ती थी , और अफसोस ये कि उन्हें दोनों में से कुछ भी नहीं सुनाई नहीं पड़ता था। इसी कारण से, किसी को उन्हें उठकर उठाना पड़ता था और लेकर आना पड़ता था।

मिस बेबकॉक ने खुद जरूरत पड़ने पर जागने के लिए एक नायाब नुस्खे को ईजाद किया था। वह एक लम्बे डोर का एक सिरा बीमार आदमी के बिस्तर से बांध देती थीं और फिर डोर का दूसरा सिरा अपने

कमरे में लेकर चली जाती थी, जिसे वह अपनी बड़ी उँगली के साथ बांध देती, बीमार आदमी के द्वारा डोर को तेजी से खींचने पर मिस बेबकॉक तुरन्त झटके से उठ जाती थीं!

अब बताइये हम जैसे छोटे बच्चों के लिए इस नायाब नुस्खे से भला अधिक आकर्षण करने वाला नुस्खा क्या होगा? डोर टाटा के बिस्तर से बांध दी गयी थी, और टाटा वाकई एक अधीर बालक था, जिसे हमेशा पानी चाहिये होता था या तो वह हमेशा ही किसी न किसी दर्द की शिकायत करता रहता था। और कभी-कभी तो यूँ ही शरारत करने के उद्देश्य से, डोर को कई बार जोर-जोर से उस वक्त तक खींचता रहता जबतक की मिस बेबकॉक एक गोली या पानी का गिलास लेकर नहीं पहुँच जाती थीं।

वह शिकायत भरे लहजे में बोलती, "सुबह होने तक तुम तो मेरी उंगली ही निकाल दोगे, देखो, इस तरह से तुम्हें मेरी उंगली को जोर से खींचने की कोई जरूरत नहीं है।"

और सबसे बुरा तो तब था, जब टाटा गहरी नींद में सो जाता था, और उस दौरान वह इतनी जोर से खर्राटे लेता कि उसे उठा पाना नामुमकिन हो जाता था! ऐसे वक्त पर मुझे लगभग पूरी रात लेटे हुए जाग कर बितानी पड़ती थी और उसके तालबद्ध खर्राटों को सुनना पड़ता था। यह आवाज हाथी के चिंघाड़ या मादा मेढक की जैसी होती जो कि अपने साथी को मानो बुला रहा हो। इत्तफाकन दो रातों के बाद, हम लोगों के कमरे में बिमल नामक एक तीसरा लड़का आ गया। बिमल हमारा एक दोस्त और 'पंखुड़ी' समूह का साथी था, जो कि मम्प्स के छूत से ग्रसित हो गया था। एक रात बिमल ने टाटा के खर्राटो का कुछ न कुछ करने का निर्णय लिया।

बिमल ने कहा, 'उस वक्त तक इंतजार करो, जब तक कि वह गहरी नींद में सो नहीं जाता, और उसके बाद उसके पलंग को उठाकर बाहर ले जायेंगे और उसे बरामदे में छोड़ देंगे।' और हमने इससे ज्यादा ही कर दिया। जैसे ही टाटा ने रात की हवा में लन्दन फिलहार्मोनिक ऑर्केस्ट्रा के संगीत भरे तान को फैलाया, हमने तुरन्त उसके पलंग को

जितना मुमकिन हो सकता, उतने ही आहिस्ता से उठा कर, बगीचे में ले जाकर पास के बांज के पेड़ के नीचे रख दिया।

अपने काम को सही साबित करने के लिए, बिमल ने कहा, 'बाहर सोना स्वास्थ्य के लिए ज्यादा फायदेमंद है।' 'बाहर की ताजी हवा निश्चित रूप से इसको ठीक कर देगी।' उसके बाद टाटा को तारों के आगोश में छोड़ कर, हम इस उम्मीद के साथ कमरे में वापस आ गए कि हम एक अच्छी नींद सो सकेंगे, और मिस बेबकॉक भी आराम से सो सकेंगी।

हालाँकि, ऐसा कुछ भी नहीं हो सका। हमारी नींद मिस बेबकॉक के चिल्लाने की आवाज से टूट गयी। वह कमरे में इधर-उधर भागते हुए जोर-जोर से चिल्ला रही थी, 'टाटा कहाँ है? टाटा कहाँ है?' वह बाहर की तरफ दौड़ पड़ी, और हम एक कर्तव्यनिष्ठ अनुयायी के रूप में नंगे पांव, अपने पायजामा में उनके पीछे-पीछे चल पड़े।

पलंग वहीँ पर था जहाँ हम छोड़ कर गए थे, लेकिन टाटा का कही अता-पता नहीं था। टाटा की जगह पलंग के पांव की ओर एक बड़ा सा काले चेहरे वाला लंगूर, अपने दांतों को बाहर दिखा रहा था मानों कि वह संतुष्ट नहीं हो।

मिस बेबकॉक हांफते हुए बोली, टाटा कहाँ गया!'

बिमल ने जवाब दिया, 'शायद वह नींद में चलने वाला प्राणी हो।'

मैंने कहा, 'हो सकता है उसे बाघ ले गया हो।' तभी अचानक बगीचे के एक छोर पर झाड़ियों के बीच में कुछ हलचल हुई और चिल्लाने की आवाज सुनाई दी, 'मेरी मदद करो, मदद करो!' और फिर टाटा उन झाड़ियों के बीच में से बाहर निकला, और उसके पीछे कई मुलायम और लम्बी पूंछ वाले लंगूर जो कि रोमांचित होकर टाटा का पीछा कर रहे थे वे भी उसका पीछे करते हुए झाड़ियों से बाहर आ गये। जाहिर है कि उन जिज्ञासु सीमेंस के समूह (बंदर की प्रजाति) जो उसके पलंग के आसपास इकट्ठा हुए थे कि जानकारी टाटा को सुबह पौ फटने पर नींद के खुलने के बाद ही हुई थी। हालाँकि उनका मकसद टाटा को नुकसान पहुँचाना नहीं था, परन्तु टाटा घबरा गया, और अपनी जान बचाने के लिए कॉटेज की तरफ न जाकर जंगल की तरफ भाग

गया। हम लोग टाटा और उसके पलंग को वापस कमरे में लेकर आये और मिस बेबकॉक ने उसके तापमान की जाँच की और फिर एक खुराक दवाई दी। अजीब, परन्तु इस गरमा-गरमी में किसी ने यह नहीं पूछा कि टाटा और उसका पलंग रात में बाहर की यात्रा पर कैसे चला गया।

और इत्तफाकन, उस रात के बाद फिर कभी उसने खर्राटे नहीं लिए। इस तरह कह सकते है कि उस रात की पाइन की खुशबूदार हवा सचमुच उसके लिए मददगार साबित हुई। यह कहने का कोई औचित्य नहीं है कि हम सब को भी मम्प्स से जल्दी ही छुटकारा मिल गया, और मिस बेबकॉक की बड़ी उँगली को जिस जरूरी आराम की जरूरत थी वह भी उन्हें मिल गया।

देखो, श्रीमान ओलिवर आये हैं!

श्रीमान ओलिवर हमारे स्काउट मास्टर होने के अलावा हमें गणित भी पढ़ाया करते थे, यह एक ऐसा विषय था जिसमें मुझे नम्बर हासिल करने में काफी जद्दोजहद करना पड़ता था। मैं बस यूँ ही कुछ भी लिख दिया करता था, नतीजन अक्सर मैं सौ में से बीस या तीस ही नम्बर हासिल कर पाया करता था। 'बांड, फिर से तुम गणित में फेल हो गए,' ऐसा श्रीमान ओलिवर कहते थे। 'आखिर तुम बड़े होकर क्या करोगे?'

मैं तुरन्त जवाब देता, 'सर, मैं बड़ा होकर स्काउट मास्टर बनूंगा।'

मेरे इस उत्तर को सुनकर ओलिवर कहते, 'स्काउट मास्टर को इस काम के लिए कोई वेतन नहीं मिलता। देखो, यह सिर्फ एक सम्मान पाने वाला काम है। तुम एक कुक बन सकते हो। वह तुम पर जँचेगा।' श्रीमान ओलिवर, उस स्काउट कैंप को नहीं भूले थे, जिसमें मैं कैंप का कुक हुआ करता था।

यदि श्रीमान ओलिवर अच्छे मूड में होते तो वह मुझे एक या दो ग्रेस नंबर देकर पास कर दिया करते थे। वह सख्त आदमी बिलकुल भी नहीं थे, पर हाँ, उनके चेहरे पर शायद ही कभी मुस्कान बिखरती थी। वह बहुत सांवले, पतले, झुके (दूर से वह प्रश्न वाचक चिन्ह की तरह झुके हुए दिखाई पड़ते थे) और गंजे थे। उनकी उम्र लगभग चालीस की थी, पर उन्होंने अभी तक शादी नहीं की थी, और ऐसा सुनने को मिला था कि वह किसी के प्यार में चोट खाए हुए थे। असल में, जिस लड़की से वह शादी करने वाले थे उसने उन्हें आखिरी वक़्त पर धोखा दे दिया और एक नाविक के साथ भाग गई, जबकि बेचारे ओलिवर चर्च में शादी की रस्मों के लिए तैयार उसका इंतजार करते रह गए।

इसमें कोई आश्चर्य नहीं कि क्यों वह हमेशा उदासीन दिखाई पड़ते थे।

श्रीमान ओलिवर के पास उनसे कभी न जुदा होने वाला एक साथी था, 'डाक्सहूण्ड', यानि उनका कुत्ता, वह एक ऐसा प्राणी था जो मानव प्रजाति, और खासकर छोटे लड़कों को शत्रु और घृणा भरी नजरों से देखा करता था। हम उसे हिटलर कहकर पुकारते थे। (यह साल 1945 था और ये तानाशाह अपनी हद के अंतिम पड़ाव पर था।) वह अपने संकुचित व्यवहार के चलते हमारी दोस्ती को स्वीकार नहीं करता था, और अगर कोई उसे थपथपाने या सहलाने की कोशिश करता था तो वह उसकी उँगली या पिंडली या फिर टखने पर अपने दांत गड़ाने की पूरी कोशिश करता था। हालाँकि, वह श्रीमान ओलिवर के प्रति बहुत वफादार था और सिवाय जब वह क्लास में होते थे उस वक़्त को छोड़कर, बाकी वक़्त वह उनके साथ ही रहता था, क्योंकि हेडमास्टर ओलिवर को इस ऐसा करने की इजाजत नहीं दी थी। आपको वह पुरानी नर्सरी कि कविता तो याद ही होगी:

मैरी के पास एक छोटा भेड़ हुआ करता था,
उसके खुबसूरत बाल बर्फ की तरह सफेद थे,
और जहाँ-जहाँ मैरी जाती,
वह छोटा सा भेड़ उसके पीछे-पीछे चल पड़ता।

हमने इस कविता का खुद का एक नया संस्करण तैयार कर लिया था, और यहाँ पर मैं यह स्वीकार करता हूँ कि इस नई रचना को तैयार करने में मैं भी शामिल था। नई तैयार की गयी कविता कुछ इस प्रकार से थी-

ओल्ली का अपना एक पालतू कुत्ता था,
जो हर वक़्त उनके साथ ही रहता,
और फिर जब कभी ओल्ली किसी से मिलता
वह कुत्ता उसको काट ही लेता।

वह श्रीमान ओलिवर के साथ सभी जगह मौजूद रहता था, फिर चाहे वह

स्कूल का मैदान हो या फिर जब ओलिवर बांज के पेड़ों के बीच से होते हुए ब्रोक्खुयिस्ट टेनिस कोर्ट की ओर जाया करते थे। वह ओलिवर के पीछे-पीछे उनके घर से शहर और फिर वापस घर तक आया करता था। श्रीमान ओलिवर का न कोई और दोस्त था और न ही साथी। ओलिवर का कुत्ता उनके बिस्तर पर उनके पैर की तरफ ही सोया करता था। हालाँकि वह नाश्ते की मेज पर ओलिवर के साथ नहीं बैठता था लेकिन इसके बावजूद भी उसे मक्खन लगे ब्रेड के टुकड़े नाश्ते में मिल जाया करते थे, और रात के वक़्त उसको खाने में सूप और रोटियों का टुकड़ा खाने के लिए दिया जाता था। श्रीमान ओलिवर को अपना दिन का खाना स्कूल के कर्मचारियों और स्कूल के बच्चों के साथ खाना होता था, लेकिन वह किसी एक सेवादार के जरिये अपने कमरे में अपने पालतू कुत्ते के लिए एक प्लेट में दाल, चावल और रोटी भिजवाना कभी नहीं भूलते थे, जिससे वह भूखा न रह जाये।

और फिर एक घटना घटी।

श्रीमान ओलिवर और हिटलर शाम के वक़्त बांज के पेड़ों के बीच से चहलकदमी करते हुए स्कूल लौट रहे थे। उस वक़्त मौसम धुंधला हो चुका था और रोशनी तेजी से खत्म होती जा रही थी। अचानक तभी पेड़ों की परछाई के बीच से एक कमजोर और भूखा तेंदुआ निकल कर उनके सामने आ गया। वह तेंदुआ बेचारे अभागे कुत्ते पर झपट पड़ा, उसने उसे सड़क के उस पार फेंक दिया, और फिर अपने मजबूत जबड़े से पकड़ कर अँधेरे जंगल में गायब हो गया।

हालाँकि इस सब के बीच श्रीमान ओलिवर पूरी तरह से महफूज रहे उनका बाल भी बांका नहीं हुआ, फिर भी वह कम से कम एक मिनट तक बिना हिले-डुले एक स्थिर ढंग से खड़े रहे, मानो कि जम गए हों। फिर उन्होंने मदद की गुहार करते हुए चिल्लाना शुरू किया। उनको चिल्लाते हुए देखकर कुछ राहगीर जिन्होंने इस घटना को देखा था वह भी जोर-जोर से चिल्लाने लगे। श्रीमान ओलिवर कुत्ते की तलाश में जंगल की तरफ भागे पर न तो अपने कुत्ते और न ही तेंदुए का कोई अता-पता मिला।

ऐसा लगा मानो श्रीमान ओलिवर पूरी तरह से टूट चुके हों। वह अपने काम पर भावशून्य चेहरे को लेकर जाते थे, लेकिन हम इतना ही कह सकते थे कि वह अपने खोये हुए साथी के लिए शोकाकुल थे। क्लास रूम में, हम ब्लैकबोर्ड पर उनके द्वारा बताये गए सवाल को लिख रहे थे या नहीं, इससे उनका कोई लेना-देना नहीं था। सही कहा गया है कि व्यक्तिगत नुकसान के दिनों में, बड़ी से बड़ी चीज भी अर्थविहीन बन जाती है।

इस घटना के बाद से, श्रीमान ओलिवर को फिर कभी भी शाम को टहलते जाते हुए नहीं देखा गया। वह अपने कमरे में ही रहते थे और खुद के साथ ही ताश खेला करते थे। वह अपने खाने में अधिकांश भाग को एक तरफ सरका दिया करते थे, मानो जैसे उनको कोई भूख नहीं हों। अब उन्हें घर पर भेजने के लिए रोटियों की कोई जरूरत भी नहीं पड़ती थी।

बिमल ने बड़ों की तरह राय देते हुए कहा, 'ओली को एक अन्य पालतू जानवर की जरूरत है।'

'या फिर एक बीवी की', यह बात टाटा ने बोली, जो कि इसी के बारे में सोच रहा था।

'वह अब काफी बूढ़े हो चले हैं चालीस से ऊपर के हो गए होंगे।'

मैंने कहा, 'पालतू जानवर ही उनके लिए ठीक रहेगा। तोता कैसा रहेगा?' मैंने जानना चाहा।

बिमल ने तुरन्त मेरी राय का प्रतिकार करते हुए कहा, 'तोते को आप टहलाने के लिए नहीं ले जा सकते हैं'। 'ओल्ली को कोई ऐसा चाहिये जो उनके साथ घूम सके।'

'क्या बिल्ली उपयुक्त हो सकती है।'

'हिटलर को बिल्ली से नफरत थी। बिल्ली हिटलर की यादों का अपमान होगा।'

'तब तो उन्हें एक दूसरे डैक्सहुनड की जरूरत है। लेकिन यहाँ कहीं आस-पास इस नस्ल का कोई कुत्ता नहीं है।'

'कोई भी चल जायेगा। हम चिम्पू से कहेंगे कि वह हमारे लिए

एक पप्पी (कुत्ते का बच्चा) ले आये।'

चिम्पू छोटा शिमला बाजार में रहता था और वहां पर उसकी एक मिठाई की दुकान थी, हम चिम्पू से कभी-कभी वे छोटी-मोटी चीजे मंगवा लिया करते थे जो हमें स्कूल में नहीं मिलती थी मसलन-लट्टू या गोलियां (अंठी), और कोर्न्फ्लाक्स जैसी कुछ और छिटपुट चीजें।

हम स्काउट के पांच लड़कों ने एक-एक रूपया मिलाया, और फिर उसे चिम्पू को देते हुए कहा कि वह हमारे लिए एक कुत्ते का बच्चा ले आये। हमने उसे बताया कि पप्पी अच्छे नस्ल का होना चाहिये, न कि कमजोर किस्म का।

अगली ही सुबह चिम्पू एक पिल्ले के साथ हमारे पास पहुँच गया। यह पिल्ला कम से कम पांच अलग-अलग नस्लों का मिश्रण था, और यह सभी बिना किसी शक के अच्छी नस्लें थीं। एक कान छिपा था, तो दूसरा बिलकुल सीधा खड़ा हुआ था। इसके बदन पर डालमशियन (कुत्ते की नस्ल) जैसे चितकबरे धब्बे छपे हुए थे, लेकिन उसकी टांगे स्पनियल (कुत्ते की नस्ल) की तरह थी और पूंछ पोमेरानियन (कुत्ते की प्रजाति) की तरह दिखाई पड़ती थी। वह नर्म, गुद्गुदेदार और चंचल पिल्ला था। वह अपनी पूंछ हिटलर से कहीं ज्यादा हिलाता था।

टाटा ने कहा, 'यह काफी खूबसूरत है। यह एक मादा होगी।'

बिमल बोला, 'शायद वह मादा पिल्ला नहीं चाहते हों।'

मैंने जवाब में कहा, 'चलो, एक बार प्रयास करके तो देखते हैं।'

अपने खेल के वक्त के दौरान, शाम के नाश्ते की घंटी के बजने से पहले, हमने उस पिल्ले को श्रीमान ओलिवर के सामने के दरवाजे की सीढ़ियों पर रख दिया। उसके बाद हमने उनका दरवाजा खटखटाया, और फिर हिबिकस की झाड़ियों में छूमंतर हो गए जो मार्ग को प्रशस्त करता था।

श्रीमान ओलिवर ने दरवाजा खोला। उनकी नजर बिना किसी भाव के चेहरे के साथ सीढ़ी पर रखे हुए पिल्ले पर टिक गयी। पिल्ला, श्रीमान ओलिवर के जूतों को अपने एक पंजे से खोलने लगा, जिसके चलते उनका एक जूते का फीता खुल गया।

'दूर हो', श्रीमान ओलिवर ने धीमी आवाज में कहा। 'जाओ!' और फिर उन्होंने उस पिल्ले को आहिस्ता से लेकिन मजबूती के साथ धकेल कर दरवाजे को बंद कर लिया।

हमने फिर से उसी प्रक्रिया को अंजाम दिया, लेकिन दोबारा से नतीजे की पुनरावृति हुई। अब हमारे हाथों में एक चंचल पिल्ला मौजूद था और अब तक चिम्पू भी रात के लिए अपने घर जा चूका था। इसलिए हमें इसे अपनी डोरमेट्री में ही छिपाना पड़ा।

सबसे पहले हमने उसे बिमल के लॉकर में छुपाया, लेकिन उसने भौंकना शुरू कर दिया और बाहर निकलने की कोशिश करने लगा। टाटा उसे स्नान घर में ले गया, लेकिन वह वहां पर भी रुकने को राजी नहीं था। वह डोरमेट्री में इधर-उधर भागने लगा और कोई भी चीज जैसे मोजे, जूतें, चप्पल और कुछ जिसे वह पकड़ सकता था, उससे खेलने लगा।

'देखो!' तभी एक लड़के ने फुसफुसाते हुए चेतावनी दी। 'फिशर आ रही है!'

श्रीमती फिशर, जो कि हमारे हेडमास्टर की श्रीमती जी थीं, यह जांचने के लिए रात के राउंड पर आयी हुई थीं कि सब कुछ ठीक-ठाक है या नहीं। यानी कि यह देखने कि हम सब अपने बिस्तर में है और किसी भी तरह की शरारत तो नहीं कर रहे हैं। मैंने पिल्ले को पकड़कर अपने कंबल के अन्दर छुपा लिया। वह वहां पर एकदम खामोशी से बैठकर, मेरे तलवे को कुतरने का लुत्फ उठाने लगा। श्रीमती फिशर के जाने के बाद, मैंने फिर से पिल्ले को छोड़ दिया, और फिर वह रात भर डोरमेट्री में आजाद घूमता रहा।

सुबह की पहली किरण के फटने से पहले ही, मैं और बिमल उस पिल्ले को अपने साथ लेकर पायजामे में ही डोरमेट्री से भाग खड़े हुए। हम जोर-जोर से उस वक़्त तक श्रीमान ओलिवर का दरवाजा खटखटाते रहे जबतक कि उनके आने के कदमों की आवाज करीब नहीं सुनाई पड़ी। जैसे ही धीरे से दरवाजा खुला, हमने उस पिल्ले को अंदर धकेला और फिर अपनी जिन्दगी बचाने के लिए हम वहां से भाग खड़े हुए।

श्रीमान ओलिवर पहले की तरह उस दिन भी क्लास में दाखिल

हुए, लेकिन उनके साथ कोई भी पिल्ला नहीं था। आगे तीन-चार दिन और बीत गए, लेकिन फिर भी पिल्ले को उनके साथ या पास नहीं देखा गया। क्या उन्होंने उस पिल्ले को किसी और को दे दिया है या फिर उन्होंने उसे उसके हाल पर ही छोड़ दिया?

और फिर एक दिन बिमल ने हमारी मनपसंद जगह जो कि स्कूल की घंटी के पास थी, से बुलाया, 'देखो ऑयली आ रहा है!'

श्रीमान शाम की चहलकदमी के लिए जा रहे थे। उनके हाथ में अखरोट की लकड़ी की एक मजबूत छड़ी थी- निश्चित रूप से इसमें कोई शक नहीं था कि वह छड़ी तेंदुए को दूर रखने के लिए उन्होंने अपने साथ रखी होगी। वह न तो बाएं और न ही दायें ओर देख रहे थे, और यदि उन्होंने हमें उन पर नजर बनाये हुए देखा भी होगा, तो भी श्रीमान ओलिवर ने हमें इस बात की भनक नहीं लगने दी थी। लेकिन तभी, उनके पीछे दौड़ता हुआ पिल्ला पहुँच गया! श्रीमान ओलिवर के साथ यह वही पिल्ला था, जो कि कई नस्लों से मिलकर बना था, वह पिल्ला अब, उनके शाम की चहलकदमी में उनका साथी बना गया था। वह साफ-सुथरा था और उसने चमकीले लाल रंग का पट्टा पहना हुआ। ओलिवर की तरह ही उसे भी हमारी मौजूदगी की कोई भनक नहीं थी। वह अपने नए मालिक के साथ उसके बगल में चल रहा था।

जल्द ही, श्रीमान ओलिवर और छोटा पिल्ला न अलग होने वाले घनिष्ठ साथी बन गए, और मैं और मेरे दोस्त अपने इस काम के लिए अपने-आप से बहुत खुश थे। श्रीमान ओलिवर ने कभी भी इस ओर इशारा तक नहीं किया कि वह वाकिफ है कि पिल्ला कहाँ से आया था। वार्षिक परीक्षा खत्म हो चुकी थी, और बिमल और मुझे को लगने लग गया था कि हम दोनों गणित के पेपर में फेल हो चुके हैं, लेकिन उस वक़्त हमारे आश्चर्य का ठिकाना नहीं रहा जब हमें पता चला कि ग्रेस अंक से हमें पास कर दिया गया था।

'हमारे अच्छे बुजर्ग ओंली!' बिमल ने कहा। 'तो तुम्हें यह सब पता था।' निश्चित ही टाटा को किसी ग्रेस अंक की जरूरत नहीं थी, क्योंकि वह तो गणित में बुद्धिमान था, लेकिन हम दोनों (मैं और

बिमल) ने फैसला किया कि श्रीमान ओलिवर की इस कृपा के लिए, उनका शुक्रिया करेंगे।

श्रीमान ओलिवर ने हमसे दो टुक शब्दों में कहा, 'मुझे धन्यवाद देने का कोई फायदा नहीं।' फिर अपने मुंह को एक कोने की तरफ घुमाके मुस्कराते हुए बोले। 'मैं तुम दोनों से तुम्हारे जूनियर स्कूल के दौरान से भली-भांति वाकिफ हूँ। अब तुम्हें सीनियर स्कूल में जाना है, और मैं चाहता हूँ कि खुदा तुम्हारी वहां मदद करें!'

रणजी का शानदार बल्ला (बैट)

'ये कैसे हुआ?' गेंद को हाथ में पकड़े विकेटकीपर चिल्लाया। 'ये कैसे हो गया?' स्लिप में खड़े खिलाड़ियों की आवाज गूंजी।

'आखिर कैसे?' तेज गेंदबाज ने अंपायर की ओर देखते हुए चिल्लाया।

'आउट' अंपायर ने कहा।

और फिर क्या था, सूरज जो टीम का कप्तान था उसकी वापस पवेलियन की तरफ रुखसती हो गयी, और सच कहूँ तो यह पवेलियन सही मायने में एक कबाड़ खाना के सिवा कुछ भी न था।

इस वक्त टीम का स्कोर 4 विकेट पर 53 रन था। जीतने के लिए अभी भी 60 रन और चाहिये थे और अब सिर्फ एक ही अच्छा बल्लेबाज बचा था। जबकि बाकी सभी गेंदबाज थे जिनसे रन बनाने कि कोई उम्मीद नहीं की जा सकती थी।

चार बल्लेबाजों के आउट के बाद रणजी बल्ले बाजी करने के लिए मैदान में उतरा।

रणजी की उम्र 11 साल थी और वह टीम का सबसे छोटा खिलाड़ी था, लेकिन शारीरिक रूप से बहुत ही तगड़ा और साहसिक था। जैसे ही वह तेजी से अपनी क्रीज की तरफ बढ़ रहा था, तो उसी वक्त पहाड़ों से आती हुई ठंडी हवा के झोंके उसके बिखरे हुए बालो को सहला रहे थे।

रणजी की आँखें काफी तेज और कलाई बहुत मजबूत थी, और उसने पिछले कुछ छोटे-मोटे मैचों में अच्छे रन बनाये थे। लेकिन पिछले दो इन्टर-स्कूल टूर्नामेंट मैच में उसका व्यक्तिगत स्कोर बहुत कम रहा था, यानी कि बारह रन से ज्यादा नहीं था। लेकिन आज वह इतने रन बनाना चाहता था जिससे कि उसकी टीम को जीत मिल सके।

रणजी ने क्रीज पर आकर गार्ड लिया और गेंदबाज का सामना करने के लिए तैयार हो गया। विपक्षी टीम के खिलाड़ी एक और कैच की उम्मीद में बल्लेबाज के करीब आ गये थे। इस दौरान लम्बे तेज गेंदबाज ने मुंह सिकोड़ा और फिंर लम्बे कदम लेकर दौड़ने लगा। उसने अपना हाथ घुमाया, और फिर सख्त, लाल चमकदार गेंद सनसनाती हुई रणजी की तरफ तेजी से आयी।

रणजी आगे बढ़कर गेंद को वापस गेंदबाज की तरफ खेलने जा रहा था, पर अंतिम समय में उसने अपना इरादा बदल दिया और पीछे हट कर, उसने गेंद को रिंग में खड़े क्षेत्ररक्षक के दायें या फिर ऑफसाइड से धकेलने का इरादा बनाया।

गेंदबाज कंगारू की तरह उचकता हुआ चिल्लाया 'हौउज दैट!'

विकेटकीपर भी चिल्लाया 'हाउ?'

अंपायर ने आहिस्ता से उँगली को उठा दिया।

उसने कहा, 'आउट'।

सूरज ने रणजी की पीठ को थपथपाते हुए कहा, 'कोई बात नहीं! अगली बार तुम बेहतर करोगे। अभी तुम फॉर्म में नहीं हों, बस।'

आगे उसने रणजी से कहा, 'तुम्हें अगले मैच में अच्छे रन बनाने होंगे, अन्यथा तुम्हें टीम से अपनी जगह को खोना पड़ जायेगा!'

अन्य खिलाड़ियों को नजरंदाज करते हुए रणजी अपने सर को झुकाए, हाथों को अपनी पॉकेट में रखकर, आहिस्ता-आहिस्ता पेवालियन की तरफ बढ़ गया। वह बहुत परेशान था। वह काफी प्रयास और नियमित रुप से अभ्यास कर रहा था, परन्तु जब भी कोई बड़ा मैच होता तो वह बड़ा स्कोर करने में विफल हो जाता था। ऐसा प्रतीत होता कि शायद वह इस बारे में कुछ भी नहीं कर सकता था। लेकिन उसे क्रिकेट खेलना बहुत अच्छा लगता था, और वह स्कूल टीम से बाहर होने की कल्पना भी कर सकता था।

घर वापस जाने के दौरान रणजी को घंटा घर से गुजरना होता था, यहाँ पर वह अक्सर कुमार स्पोर्ट शॉप पर उसके मालिक से गपशप करने या अलमारी पर रखी हुई सभी चीजों, जैसे फुटबॉल, क्रिकेट की

गेंद, बैडमिंटन रैकेट, हॉकी स्टिक, अलग-अलग नाप और आकार की गेंदों को देखने के लिए रुक जाया करता था। यह जगह उसके लिए वंडरलैंड की तरह थी जहाँ उसे रोज आराम फरमाने में मजा आता था।

लेकिन उस दिन उसकी वहां पर रुकने की बिलकुल भी इच्छा नहीं थी। वह दूसरी तरफ देखते हुए सड़क को पार ही करने वाला था कि कुमार की आवाज ने उसे रोक दिया।

'हेल्लो, रणजी! क्या बात है आज बड़ी जल्दी में हो? और तुम इतने उदास क्यों दिखाई दे रहे हो?

आवाज सुनकर, न चाहते हुए भी रणजी को रुककर नमस्ते कहना पड़ा। असल में रणजी श्रीमान कुमार, जो कि हमेशा ही बहुत दयालु और मददगार साबित होते थे और यहाँ तक कि अक्सर वह रणजी को अलग-अलग तरीके से गेंदबाजी करने की सलाह भी दिया करते थे, इन सब के चलते उन्हें वह चाहकर भी नजरंदाज नहीं कर पाया। मिस्टर कुमार कभी राज्य-स्तरीय खिलाड़ी थे, और उन्होंने तंजानिया के खिलाफ एक शतक भी ठोका था। अब वह नए युवा खिलाड़ियों को उत्साहित किया करते थे और उन्हें लगता था कि आगे चलकर रणजी एक अच्छा क्रिकेटर बनेगा।

जैसे ही रणजी दुकान के अंदर दाखिल हुआ उन्होंने पूछा, 'क्या समस्या है?' चूकि मिस्टर कुमार इतने स्नेहशील थे, इसलिए खेल की सामग्री भी मित्रता पूर्ण व्यवहार करती प्रतीत होती थी। बल्ले और गेंदें तथा शटलकॉक सभी से ऐसा प्रतीत होता था की मदद करना चाहती हो।

रणजी ने कहा, 'हम मैच हार गए'

'कोई बात नहीं,' मिस्टर कुमार ने कहा। 'हारे बिना हमें भला जीत का रास्ता कैसे मिलेगा? क्या कोई ऐसा खेल है जिसमें हार और जीत न हो। कोई भी तो ऐसा खेल नहीं है- आप क्रेच्केट या फुटबॉल या फिर हॉकी और टेनिस को ही ले लो! अंठी और कैरम को भी देख लो। कोई भी तो ऐसा खेल नहीं जहाँ पर हार या जीत नहीं होती हो! खैर यह बताओ कि तुमने कितने रन बनाये?'

'एक भी नहीं। मैंने एक बड़ा गोल अंडा बनाया'।

मिस्टर कुमार ने आहिस्ता से अपना हाथ रणजी के कंधे पर रखा। कोई बात नहीं, कभी-कबार हर अच्छे खिलाड़ी का बुरा दिन भी आता। है'

'लेकिन मैंने अपने पिछले तीन मैचों में एक बार भी एक अच्छा स्कोर नहीं बनाया है,' रणजी ने कहा। 'और यदि मैंने अगले मैच में अच्छा नहीं खेला तो टीम से बाहर कर दिया जाऊंगा।'

मिस्टर कुमार ने गंभीर मुद्रा में सोचते हुए कहा, 'हम ऐसा नहीं होने दे सकते। इस बारे में कुछ न कुछ तो करना ही पड़ेगा।'

रणजी के कहा, 'मैं तो बस बदकिस्मत हूँ।'

'इस केस में बिलकुल हो सकता है कि यह तुम्हारी बदकिस्मती हो.... लेकिन अब वक़्त आ गया है कि तुम्हारी किस्मत दुरुस्त की जाये।'

रणजी ने कहा, 'अब बहुत देर हो गयी है।'

'सब बकवास है। अभी भी कुछ नहीं बिगड़ा है। अब, तुम मेरे साथ दुकान के पीछे के हिस्से में आओ और मैं देखता हूँ कि मैं तुम्हारे किस्मत को बदलने के लिए क्या कर सकता हूँ।'

उधेड़बुन में फंसा हुआ रणजी परदे के पीछे के हिस्से में मिस्टर कुमार के पीछे चला गया। उसने अपने आपको एक ऐसे कमरे में पाया जहाँ पर धुंधला प्रकाश था और छत तक सभी तरह कि फटी फुटबॉल ब्लैडर, टूटे हुए बल्ले, बिना जाल का रॉकेट, टूटा हुआ भाला और बरछा और फटा हुआ बैडमिंटन नेट जैसे कई पुराने और सेकंड हैण्ड खेल सामग्री भरी हुई थी। मिस्टर कुमार पुराने क्रिकेट के बल्लों का निरीक्षण करने लगे, और फिर चंद मिनटों के बाद वह बोले, 'ओह!' तभी उन्होंने उसमें से एक बल्ला उठाया और रणजी की तरफ बढ़ा दिया।

'यह लो!' वह बोले। यह मेरे सभी पुराने बल्लों में से सबसे किस्मत वाला बल्ला है। इसे बल्ले से मैंने शतक जड़ा था!' उन्होंने उस बल्ले को अपने हाथ में घुमाया और फिर गेंद की कल्पना करते हुए कमरे के सभी कोनों की तरफ उसको मरना शुरू कर दिया।

'बिलकुल, यह एक पुराना बल्ला है, लेकिन अभी तक इसने अपने किसी भी जादू को नहीं खोया है,' मिस्टर कुमार ने अपनी साँस को हासिल करने के लिए कुछ पल रुकते हुए कहा। उन्होंने बल्ला रणजी

को थमा दिया। 'इसे रखो!' मैं इस बल्ले को तुम्हें बाकी के बचे हुए क्रिकेट सीजन के लिए देता हूँ। मेरा दावा है कि तुम इस बल्ले के साथ खेलकर असफल नहीं होगे।'

रणजी ने बल्ले को हाथ में लेकर आश्चर्य और आनंद विभोर के साथ देखा।

फिर उसने पूछा, 'क्या सचमुच यह वही बल्ला है जिससे आपने शतक जड़ा था?'

मिस्टर कुमार ने जवाब में कहा, 'बिलकुल'। 'और हो सकता है कि इस बल्ले से तुम भी शतक बनाओ!'

उसके बाद शनिवार के मैच के लिए वह बैचेनी के साथ हफ्ते भर इंतजार करता रहा। उस दिन उसके स्कूल का मैच एक ज्यादा मजबूत टीम जो कि दूसरे शहर की थी के साथ था। उस पूरे हफ्ते मेरे पास बहुत सा क्लास का काम था, इस कारण से रणजी को दूसरे बच्चों के साथ अभ्यास करने का मौका नहीं मिला। चूँकि रणजी की न तो कोई भाई और बहन था इसलिए उसने अपने बगल के घर में रहने वाली लड़की, कोकी से बगीचे में उसे गेंद कराने के लिए कहा। कोकी ने बहुत अच्छी गेंदबाजी की पर रणजी गेंद को जोर से मारना पसंद करता था- 'ताकि उसे बल्ले की आदत बन जाये,' ऐसा उसने उस लड़की को बताया। इस बीच बहुत जल्द ही गेंद का बगीचे में इधर-उधर पीछा करते हुए कोकी पूरी तरह से थक के चूर हो चुकी थी।

आखिरकार शनिवार आ ही गया, उस दिन मौसम क्रिकेट के बिलकुल उपयुक्त था यानि कि मौसम बिलकुल साफ था और धूप खिली हुई थी।

सूरज स्कूल के लिए टॉस जीता और बल्लेबाजी करने का फैसला किया।

पहले विकेट की साझेदारी में तीस रन जोड़े गए। आगंतुक तेज गेंदबाज ज्यादा कुछ नहीं कर सके। लेकिन फिरकी गेंदबाज के आने के तुरन्त बाद ही खेल एकदम बदल गया। दो विकेट एक ओवर में गिर गए, और अब स्कोर दो विकेट खोने के बाद तैतीस रन हो गया। सूरज ने थोड़े से तेज रन बनाये, लेकिन वह भी फिरकी गेंदबाज के चंगुल

में फंसकर विकेटकीपर को कैच को देकर अपना विकेट गँवा बैठा। अगला बल्लेबाज भी ज्यादा देर नहीं टिक सका और बोल्ड हो गया। जब रणजी की मैदान पर उतरने की बारी आयी तो स्कोर चार विकेट खोकर छियालीस रन था।

वह आहिस्ता- आहिस्ता चलते हुए विकेट पे पहुंचा। फील्डरों ने उसे घेर लिया। उसने गार्ड लिया और पहली गेंद का सामना करने के लिए तैयार हो गया।

गेंदबाज ने छोटी सी चहलकदमी की और फिर गेंद रणजी की तरफ घुमती हुई आने लगी। और जब वह अपने स्ट्रोक को खेलने के लिए उसकी तरफ झुका तो ऐसा लगा मानो गेंद फ्रीकी लेते हुए उसके बल्ले से दूर हो जाएगी।

और तभी उस वक़्त जब गेंद ने लचकदार विलो के बल्ले से साथ मुलाकात की तब रणजी के हाथ में रोमांच दौड़ गया।

कटाक!

गेंद मजबूती के साथ रणजी के बैट के बीच पर आकर लगी, और फिर बेचारे गेंदबाज के बगल से तेजी से निकलते हुए बाउंड्री को पार कर गयी। चार रन के लिए!

गेंद की इस दुर्गति को देख कर गेंदबाज नाराज हो गया, और फिर नतीजा यह हुआ की उसने अगली गेंद एक लूज फुलटॉस डाल दी। रणजी ने फौरन इस खराब गेंद का फायदा उठाया और ओनसाइड की तरफ घुमाकर एक और चौका मार दिया।

और यह तो अभी शुरुआत थी। और उसके बाद तो रणजी को जितने भी स्ट्रोक खेलने आते थे, जैसे कि लेट कट, और स्क्वायर कट, स्ट्रेट ड्राइव, ऑन ड्राइव और ऑफ ड्राइव इत्यादि, सभी खेलने शुरू कर दिए। प्रतिद्वंदी टीम के कप्तान ने अपने सभी- स्पिन और तेज गेंदबाज को आजमाया, लेकिन उनमें से कोई भी रणजी को आउट नहीं कर सका। इसके उलट, उसने फील्डरों को मैदान के सभी कोनो में खूब दौड़ाया।

दिन के खाने के वक़्त उसका व्यक्तिगत स्कोर चालीस हो चुका था। और दिन के खाने के बीस मिनट बाद जब सूरज ने इनिंग समाप्ति

की घोषणा की तो रणजी 58 रन बना कर क्रीज पर डटा हुआ था।

प्रतिद्वंदी टीम बहुत कम स्कोर पर आउट हो गयी, और इस तरह से रणजी के स्कूल ने मैच जीत लिया था।

घर वापस जाते हुए, रणजी मिस्टर कुमार की दुकान पर रुका ताकि वह उन्हें अच्छी खबर बता सके।

उसने कहा, 'हम जीत गए!' 'और मैंने अबतक का अपना सबसे उच्चतम स्कोर यानि कि 58 रन बनाया है। सचमुच में यह एक लकी बैट है!'

मिस्टर कुमार ने रणजी को गरमजोशी के साथ हाथ मिलाते हुए कहा, 'मैंने तो तुम्हें पहले ही बताया था।' 'अभी तुम इस बल्ले से और भी बड़े स्कोर करने वाले हो।'

रणजी उत्साह के साथ अपने घर गया। वह इतना खुश था कि वह जुम्मा की मिठाई की दुकान पर रुका और कोकी के लिए दो लड्डू वहां से खरीदें। वह लड्डू के लिए पागल हो जाती थी।

मिस्टर ठीक कह रहे थे। अभी रणजी की उस बैट के साथ तो सफलता की शुरुआत ही थी। अगले मैच में उसने चालीस रन बनाये, और उस वक़्त आउट हुआ जब लापरवाही में अपने आपको विकेटकीपर के हाथों स्टंपिंग करा बैठा। उसके बाद अगला मैच जो कि दो दिवसीय था, उसमें रणजी तीसरे नम्बर पर आया और पैंतालीस रन बनाए। कैच आउट होने से पहले उसने गेंद को सीमा रेखा से बाहर पहुँचाने की झड़ी लगा दी। दूसरी इनिंग में जब स्कूल को जीत के मात्र छः रन की जरूरत थी, तब रणजी पच्चीस रन बनाकर खेल रहा था।

सभी लोग यानि कि उसके कोच, टीम का कप्तान, सूरज और मिस्टर कुमार- सभी उससे बहुत खुश थे। लेकिन मिस्टर कुमार को ही बता था कि यह सबकुछ उस लकी बैट से ही संभव हो पाया। यह राज रणजी और मिस्टर कुमार के बीच ही दफन था।

एक शाम, जब मैदान में अनौपचारिक मैच खेला जा रहा था, रणजी का दोस्त भीम गेंद का पीछा करने के दौरान फिसल गया और एक तीखे पत्थर से उसका हाथ कट गया। रणजी तुरन्त उसे घंटा घर

के पास के एक डॉक्टर के पास ले गया, जहाँ पर उसके जख्म को साफ करके उसकी पट्टी की गयी। चूँकि अब तक अँधेरा हो चला था इसलिए रणजी ने सीधे अपने घर जाने का निर्णय लिया। ज्यादातर वह पैदल ही जाया करता था पर उस शाम उसने घंटा घर के पास से ही बस पकड़ी और घर की तरफ रवाना हो गया।

जब वह घर पहुंचा तो उसकी माँ उसके लिए एक प्याला चाय का ले आयी, और जब वह चाय पी रहा था, तभी कोकी कमरे में दाखिल हुई और पहली चीज जिसके बारे में जानना चाहा, वह यह था कि रणजी का बल्ला कहाँ है।

इस सवाल ने रणजी के मुंह से चाय का घूंट लगभग निकाल ही दिया था, उसने कहा, 'ओह! शायद उस वक्त जब भीम को चोट लगी थी तो मैंने बल्ले को मैदान में ही छोड़ दिया था। 'मुझे तुरन्त मैदान जाकर उस बल्ले को लेकर आना चाहिये अन्यथा वह वहां से गायब हो जायेगा।'

माँ ने कहा, तुम उसे कल भी ला सकते हो क्योंकि इस वक्त अँधेरा हो चला है।'

रणजी ने कहा, 'मैं टॉर्च लेकर जाता हूँ।'

निश्चित रूप से वह अपने बैट को लेकर परेशान था।

उसे लगता था बिना उस बल्ले के उसका भाग्य उसके साथ धोखा दे देगा।

उस वक्त उसके पास बस का इंतजार करने का भी सयंम नहीं था, और बिना इंतजार किये वह मैदान की तरफ दौड़ने लगा।

जब वह मैदान में पहुंचा तो मैदान वीरान पड़ा था, और उसे कहीं भी बल्ले की कोई झलक नहीं दिखाई दे रही थी। और तभी रणजी को ख्याल आया कि भीम को अलविदा कहने के बाद जब वह बस में चढ़ा तो उस वक्त बल्ला उसके हाथ में था। शायद उसने बल्ले को बस में ही छोड़ दिया है!

ओह, अब वह उसे वापस कभी नहीं मिलने वाला। बल्ला हमेशा के लिए खो गया। और अब आने वाले शनिवार को रणजी का स्कूल

दिल्ली के पब्लिक स्कूल के खिलाफ अपना इस क्रिकेट सीजन का अंतिम और सबसे महत्त्वपूर्ण मैच खेलने वाला है।

अगले दिन वह मिस्टर कुमार की दुकान पर पहुंचा, जहाँ पर वह अपने-आप से बहुत दुखी लग रहा था।

मिस्टर कुमार ने पूछा, 'क्या बात है?'

रणजी ने कहा, 'मैंने आपके लकी बल्ले को खो दिया है।' वही बल्ला जिससे मैंने इतने सारे रन बनाये थे! मैंने उसे बस में छोड़ दिया है। और अब हमें परसों दिल्ली स्कूल के साथ खेलना है, और हो न हो मैं जीरो पर आउट हो जाऊंगा, और फिर क्या है हम स्कूल चौंपियन बनने से रह जायेंगे।'

रणजी की बात सुनकर, पहले तो मिस्टर कुमार थोड़ा परेशान दिखाई दिए, लेकिन फिर उन्होंने मुसकुराते हुए कहा, 'तुम अभी भी जितना रन बनाना चाहो, बना सकते हो।'

रणजी ने कहा, 'लेकिन अब तो मेरे पास बैट नहीं है।'

कुमार बोले, 'कोई भी बल्ला चलेगा।'

'आप क्या कहना चाहते है?'

मेरा मतलब है कि बल्लेबाज महत्वपूर्ण है न कि बल्ला। क्या मैं तुम को कुछ बता सकता हूँ? जो पुराना बल्ला जिसे मैंने तुमको दिया था, दरअसल जिन बल्लों को मैंने इस्तेमाल किया था उससे कोई अलग नहीं था। यह सच है कि मैंने उस बल्ले से बहुत सारे रन बनाये थे, लेकिन मैंने दूसरे बल्लों से भी उतने ही रन बनाये थे। बल्ला तब ही जादुई होता है जब उस बल्ले के साथ खेलने वाला बल्लेबाज की बल्लेबाजी में जादू होता है! तुम्हें दरअसल विश्वास की जरुरत थी न कि किसी बल्ले की। और तुमने बल्ले पर विश्वास करके, अपने खोये हुए विश्वास को पुनः अर्जित कर लिया!'

'विश्वास से आपका का क्या मतलब है?' रणजी ने पूछा। यह शब्द उसके लिये एक नया शब्द था।

'विश्वास,' मिस्टर कुमार ने धीमे-धीमे बोलना शुरू किया, 'विश्वास को यकीन है कि तुम अच्छा खेल सकते हो।

'और मैं बल्ले के बगैर भी उतना ही अच्छा खेल सकता हूँ।'

यकीनन तुम हमेशा ही अच्छे रहे। अभी भी तुम अच्छा खेल सकते हो। तुम परसों भी उतने ही अच्छे रहोगे।

उसे याद करो। और यदि तुम इसे याद रखते हो, तो यकीनन और बहुत से रन बनाओगे।'

अगले शनिवार को रणजी भीम से बैट लेकर क्रीज पर उतरा।

जब रणजी क्रीज पर पहुंचा तो स्कूल दो रन पर अपना पहला विकेट खो चुका था। उस वक़्त दिल्ली स्कूल के शुरुआती गेंदबाज बहुत तेज गेंद कर रहे थे। रणजी ने उन गेंदबाजों का सामना किया।

रणजी के द्वारा सामना की गयी पहली गेंद बहुत ही तेज थी, गुड लेंथ पर नहीं थी। इसका फायद उठाकर रणजी ने तेजी के साथ पिछले कदम पर आकर उस गेंद को जोर से ओनसाइड की बाउंड्री की तरफ पुल कर दिया। गेंद फील्डर के सिर के ऊपर से निकलती हुई सीमा रेखा के बाहर रखे कोल्ड ड्रिंक बोत्तल के क्रेट में घुस गयी।

छक्का! सभी दर्शक खड़े हो गए और रणजी को बधाई दी।

और यह तो अभी रणजी की शानदार बल्लेबाजी का आगाज था।

वह मैच अंततः ड्रा हो गया, लेकिन रणजी द्वारा बनाये 75 रन स्कूल में कहे जाने वाला महत्त्वपूर्ण किस्सा बन गया।

घर वापस जाते हुए रणजी ने एक दर्जन लड्डू खरीदे। उसमें से छः कोकी के लिए और छः मिस्टर कुमार के लिए थे।

मगरमच्छ के लिए क्रिकेट

रणजी बहुत सवेरे उठ गया था।

आज रविवार था और इस दिन स्कूल की छुट्टी हुआ करती थी। हालाँकि, उस दिन उसे अपनी परीक्षा की तैयारियां करनी थी जिसके लिए लगभग दो हफ्ते ही रह गए थे, और वह इतिहास और बीजगणित तथा दूसरे नीरस करने वाली चीजों को करने से पहले एक या दो मैच और खेल लेना चाहता था।

उसने अपनी माँ से कहा कि वह बड़ा होकर टेस्ट क्रिकेटर बनेगा। 'फिर भला गणित मेरी जिन्दगी में किस काम आने वाली है?'

उसकी माँ जो कि उसके पिता से कहीं ज्यादा क्रिकेट से लगाव रखती थी ने कहा, 'क्या पता!' 'तुम्हे अपनी बल्लेबाजी के औसत को निकालने के लिए गणित की जरूरत पड़ सकती है। और जहाँ तक इतिहास का सवाल है, तो क्या तुम इतिहास का हिस्सा नहीं बनना चाहोगे? नामी क्रिकेटर अपना नाम इतिहास में दर्ज करते है!'

'रणजी ने जवाब देते हुए कहा, 'इतिहास बनना अच्छी बात है।' 'लेकिन यह सब तब तक जब तक कि आपको उन तारीखों को याद न करना पड़े!'

❦

रणजी अपने दोस्तों और टीम के साथियों के साथ पार्क में मिला। घास अभी भी ओस से भीगी हुई थी, और सूरज पहाड़ियों के पीछे से निकला ही था। पार्क फूलों की क्यारियों और छोटे बच्चों के लिए झूलों और फिसल पट्टी से भरा हुआ था। लड़कों को अपने प्रतिस्पर्धियों जो कि गाँव के लड़के थे, के साथ नदी के किनारे पर खेलना था। उस सुबह

रणजी के पास पूरी टीम नहीं थी, लेकिन वह एक 'दोस्ताना' मैच खेलने की उम्मीद कर रहा था। महत्त्वपूर्ण मैच अगले रविवार को तय था।

गाँव की टीम काफी अच्छी थी क्योंकि उस टीम में खेलने वाले लड़के एक दूसरे के घर के पास रहते और मिलकर काफी अभ्यास किया करते थे, जबकि रणजी की टीम के खिलाड़ी शहर के अलग-अलग हिस्सों से बटोरें गए थे। उन खिलाड़ियों में बेकरी का लड़का, नाथू; दरजी का बेटा, सुंदर; पोस्टमास्टर का बेटा, प्रेम; और बैंक मेनेजर का बेटा, अनिल शामिल था। इनमें से कुछ ही अच्छे खिलाड़ी थे। कभी-कभी इन लड़कों के पिता भी मैच देखने आते थे। उनके पिता बहुत अच्छे नहीं थे, पर आप उनसे ऐसा नहीं कह सकते क्योंकि वे लोग बल्ला, गेंद और जेब खर्च के लिए पॉकेट-मनी मुहैया कराया करते थे।

नाकू नामक मगरमच्छ जो मैदान के पास की नदी में रहा करता था, इन मैचों का नियमित दर्शक था। नाकू का अर्थ नोसी यानि कि नाक वाला, पर गाँव के लड़के उसको बहुत सम्मान देते हुए उसे नाकू जी या नाकू सर पुकारते थे। उसके पास एक लम्बी थूथन, बदसूरत दिखने वाले दांतों की कतारें (जिनमें से कुछ को तो तुरन्त भरे जाने के जरूरत थी) और ताकतवर, पपड़ीदार पूंछ थी।

वह लगभग पंद्रह फीट लम्बा था, लेकिन हमेशा दिखाई नहीं देता था; वह पानी के नीचे तक तैरते हुए चला जाता था और नदी के पास खड़ी ऊँची घासों के बीच से आसानी से निकल जाया करता था। कभी-कभी वह नदी से निकलकर तट पर धूप का आनंद लेता था। वह किसी की परवाह नहीं करता था, और खासतौर से क्रिकेट के खिलाड़ियों की तो बिलकुल भी परवाह नहीं करता। उसे उनके द्वारा किया जा रहा शोरशराबा तो बिलकुल भी पसंद नहीं था। उनके द्वारा मचाया जाने वाला शोर उसे बिलकुल नहीं पसंद था क्योंकि इस तरह का शोर पानी की चिड़ियों और अन्य जंतुओं जो कि उसके खाने की सामग्री हुआ करते थे, को भगा दिया करता था। और जहाँ वह आराम करना चाहता उस उथले हुए पानी में गेंद आकर पानी को उछालती थी, निश्चित रूप से इन सबसे वह परेशान हो जाया करता था।

एक बार नाकू सरकता हुआ बैंक मेनेजर के बहुत करीब पहुँच गया। उस वक़्त बैंक मैनेजर नदी के किनारे पर खड़े पेड़ों में से एक का सहारा लेकर आराम कर रहा था। बैंक मैनेजर गोल-मटोल सज्जन इन्सान थे, और नाकू को लगा कि वह मैनेजर उसका शानदार भोजन हो सकता है। लेकिन तभी एक बारात में शामिल ग्रामीणों का एक झुण्ड बैंड बजाते हुए वहां पहुँच गया। और नाकू को कीचड़ भरे पानी में भागना पड़ा। असल में वह कई दिनों से मेंढक, ईल (एक प्रकार की मछली), और बगुलों को खा-खाकर ऊब चूका था। पिलपिला बैंक मैनेजर वाकई एक शानदार विकल्प होगा- वह उसको एक दिन जरूर धर दबोचेगा।

गाँव के लड़के रणजी और उसके दोस्तों से थोड़े बड़े थे, लेकिन वे अपने पिता को लेकर नहीं आये थे। दरअसल गाँव के बूढ़े लोगों को क्रिकेट का खेल कुछ खास समझ में नहीं आता था। और फिर जब भी गेंद उड़ती हुई मैदान से बाहर रखी दूध की बाल्टी या खाने के बर्तन में गिरती, तो गाँववासी मगरमच्छ की तरह अपनी नाराजगी व्यक्त करते थे।

आज, गाँव के आदमी अपने खेतों में व्यस्त थे, और नाकू करकट और कुमुदिनी के आड़ को लेकर कीचड़ में लोट रहा था। उस वक़्त कुमुदिनी के फूल खूबसूरत और मासूम प्रतीत हो रहे थे! नाकू के लम्बे थुथने से कुमुदिनी की चौड़ी, चपटी पत्तियों को ठेलते हुए उसकी केवल तेज निगाहें ही देख सकते थे। उसकी आँखें बंद-सी प्रतीत होती थी, पर वह देख रहा था।

रणजी ने गेंद को जोर से और ऊंचा मारा। छपाक! नाकू जहाँ पर लेटा हुआ था उससे लगभग तीस फीट की दूरी पर बॉल नदी में आ गिरी। गाँव और शहर के लड़के गेंद को ढूंढने के लिए नदी के उथले पानी की तरफ भागे। काफी लोगों की भीड़ से नाकू घबरा गया, और वह गेंद को गटक कर नदी को पार करके दूसरे छोर के तट पर चला गया। और नाराजगी व्यक्त करने लगा।

चूकि उस दिन काफी गर्म था, इसलिए कोई भी पानी से बाहर

नहीं निकलना चाहता था। कई लड़कों ने यह सोचते हुए कि क्रिकेट खेलने से बेहतर है कि आज का दिन तैरा जाये अपने पहने हुए कपड़े निकालकर फेंक दिए। नाकू ने जब उन लड़कों को नंगा बदन पानी में नहाते हुए देखा तो उसके मुंह से लार टपकने लगी।

'शायद हमें अभ्यास करना चाहिये था,' रणजी ने कहा, जोकि क्रिकेट को बहुत गंभीरता से लिया करता था। 'ऐसे में हम अगले हफ्ते होने वाले मैच को नहीं जीत पायेंगे।'

नदी के तट पर उसके पास आते हुए अनिल ने कहा, 'ओह, हम आसानी से जीत जायेंगे।' 'मेरे पिता ने कहा है वह खेलेंगे।'

रणजी ने उसकी बात सुनते ही जवाब दिया, 'पिछली बार वह खेले थे और हार गए थे।' 'उन्होंने दो ही रन बनाये थे और फील्डिंग करना भूल गए थे।'

अनिल अपने पिता जो बैंक मैनेजर हैं, के प्रति वफादारी दिखाते हुए बोला, 'वह उस वक़्त फॉर्म में नहीं चल रहे थे।'

इस बीच गाँव की टीम का कप्तान, शेरू भी उनके साथ जुड़ गया। 'मेरा चचेरा भाई जो कि दिल्ली में रहता हैं, वह हमारे लिए खेलेगा। उसने वहां पर एक मैच में शतक ठोका था।'

'पर वह इस विकेट पर शतक नहीं बना पायेगा,' रणजी ने तुरन्त कहा। 'यह एक छोर से धीमा और दूसरे छोर से तेज विकेट है।'

बेकर के लड़के, नाथू ने पूछा, 'क्या मैं अपने पिता को ला सकता हूँ।?'

'क्या वह खेल सकते हैं?'

बहुत अच्छा तो नहीं, पर हाँ, वह अपने साथ एक टोकरी में बिस्कुट, बन और पकोड़ा लेकर आयेंगे।'

'ठीक है, तब वह खेल सकते है,' रणजी जो कि हमेशा तुरन्त निर्णय ले लेता था, ने हामी भर दी। 'इसमें कोई दो राय नहीं थी कि इसी वजह से वह टीम का कप्तान था! 'यदि हम लोगों की संख्या ज्यादा हो जाएगी तो हम उन्हें अपने एक अतिरिक्त खिलाड़ी के रूप में टीम में रख लेंगे।'

गेंद नहीं मिल पाई और चूंकि वे अपनी एक अतिरिक्त रखी हुई गेंद को खो जाने के खतरे में डालना नहीं चाहते थे, इस कारण से अभ्यास के समापन की घोषणा कर दी गयी।

'गाँव की टीम के छोटे मणि, जो कि ऐसी तिकड़म लेग ब्रेक डाला करता था जो ऑफ साइड की तरफ उछलते हुए निकलती थी, ने कहा, 'मेरे दादा जी ने मुझे एक नयी गेंद दिलाने का वायदा किया है।'

'रणजी ने जानना चाहा, 'क्या वह भी खेलना चाहते है?'

'नहीं, बिलकुल भी नहीं। उनकी उम्र अस्सी के पास है।'

रणजी ने कहा, 'तो यह तय हो गया।' 'अगले रविवार को इस जगह पर सुबह नौ बजे मिलेंगे। मैच पचास-पचास ओवर का होगा।'

इसके बाद वे सभी अपनी-अपनी दिशा की तरफ बढ़ गए। शेरू और उसके टीम के साथी आहिस्ता-आहिस्ता अपने गाँव की तरफ बढ़ने लगे, जबकि रणजी और उसके दोस्त अपनी साइकिलों पर सवार (चूकि सभी के पास साइकिल नहीं थी, इस कारण एक पर साइकिल दो या तीन सवार हुए) होकर शहर की ओर निकल पड़े।

अंततः नाकू को शांति प्राप्त हुई, अब वह नदी के अपने पसंदीदा छोर की तरफ आ गया और फिर कुछ दूर सरकता हुआ नदी के तट पर पहुंचा, मानो कि वह विकेट का निरीक्षण करना चाहता हो। खिलाड़ियों के द्वारा उस जगह को काफी समतल बना दिया गया था, और ऐसा लग रहा था कि आराम करने के लिए यह एक अच्छी जगह हैं। नाकू उस जगह इधर-उधर मंडराने लगा। उसे गर्म धूप में नींद आने लगी, इसलिए उसने थोड़ी देर सोने के लिए आँखें बंद कर ली। उसे कुछ समय के लिए पानी से निकलकर ऐसे आराम करना काफी अच्छा लग रहा था।

अगले रविवार की सुबह साइकिल की घंटी गेट पर बजी। बाहर नाथू रणजी का इंतजार कर रहा था। रणजी तेजी से अपने घर से बाहर निकला, उसके हाथ में उसका बल्ला और एक थर्मस में नींबू का शर्बत था, जो कि उसकी समझदार माँ ने उसके लिए बनाया था।

उसने पूछा, 'क्या तुम स्टंप लाये हो?'

'सुंदर के पास हैं।'

'और गेंद?'

वह मेरे पास है। और अनिल के पिता जी भी एक ला रहे है, पर इस शर्त के साथ कि हमें उनसे बैटिंग का आगाज करवाना पड़ेगा!'

नाथू साइकिल चलाने लगा, और रणजी साइकिल के अगले डंडे पर बल्ला और थर्मस लेकर बैठ गया। अनिल अपने घर के बाहर उनका इंतजार रहा था।

'उसने बताया, 'मेरे पिता जी स्कूटर पर चले गए है। वह नाथू के पिता ज़ी को ले लेंगे। मैं प्रेम और सुंदर के साथ आऊंगा।'

अधिकांश लड़के नदी तट पर बैंक मैनेजर और बेकर से पहले पहुँच गए। उन्होंने अपनी साइकिल छांवदार बरगद के पेड़ के नीचे खड़ी की और नदी के धीमे बहाव की ओर दौड़ पड़े। और फिर, एक-एक करके, वे सभी रुक गए, और जो कुछ उन्होंने वहां पर देखा उससे वे विस्मित हुए बगैर नहीं रह सके।

वह क्रिकेट पिच को देखकर आश्चर्यचकित हो गए। पिच के उस पार, नर्म मखमली घास पर नाकू मगरमच्छ धूप का आनंद ले रहा था।

रणजी ने पूछा, 'यह कहाँ से आया?'

शेरू जो अब तक वहां पर पहुँच चुका था बोला, 'अधिकांशतः यह नदी में रहता है, लेकिन इस पूरे हफ्ते वह यहाँ आकर हमारे विकेट पर आराम करता रहा है। मुझे नहीं लगता कि वह चाहता है कि हम यहाँ खेलें।'

रणजी ने कहा, 'हमें इसे यहाँ से हटाना होगा।'

'यह बेहतर होगा कि तुम अपने आपको इसकी पूंछ और जबड़े से दूर ही रखो!'

प्रेम ने कहा, 'हम लोग इसके यहाँ से जाने का इंतजार करेंगे।'

लेकिन नाकू ने ऐसी कोई हरकत नहीं की, जिससे लगे कि वह जाने का इच्छुक है।

उसे जमीन का वह चिकना, समतल हिस्सा पसंद आ रहा था जिसे उसने खुद से खोजा था। और दूसरी तरफ वह लड़के थे जो कि उसे

हर हालत में हटाने का प्रयास कर रहे थे।

कुछ वक़्त के बाद लड़कों ने नाकू पर पत्थर उठाकर फेंकना शुरू कर दिया। परन्तु इसका भी नाकू पर कोई असर नहीं हुआ, उलटे वे पत्थर नाकू की मोटी चमड़ी पर से उछल कर इधर-उधर गिरने लगे। उन्होंने उस पर कीचड़ की गेंद और संतरे का भी इस्तेमाल किया। नाकू ने अपनी पूंछ को झटके से खींचा और एक आँख को खोला, लेकिन वहां से हटने से इंकार कर दिया।

तभी प्रेम ने एक गेंद ली, और फिर मगरमच्छ की तरफ तेजी से फेंक दी। वह गेंद नाकू के ठीक सामने उछलते हुए उसके थुथने पर जा लगी। इस अचानक हमले से, नाकू बितक गया और स्तब्ध होकर कुलबुलाते हुए पिच से हट गया और फिर तेजी से नदी के किनारे पर पहुंचकर पानी में समां गया।

रणजी ने प्रेम को उत्साहित करते हुए कहा, 'शानदार गेंदबाजी की!' 'वाकई, वह एक अच्छी गेंद थी।' शेरू ने सतर्क रहने की हिदायत देते हुए कहा, 'नाकू जी इस घटना के बाद बहुत नाराज होंगे।' 'नदी के करीब कोई भी मत जाना।'

मैदान में आखरी खिलाड़ी के रूप में पहुँचने वालों में बैंक मैनेजर और बेकर थे। उनके स्कूटर में कोई खराबी आ जाने के कारण वह समय पर नहीं पहुँच पाए थे। इस डर से कि बड़े लोग घटना को जानकर मैच की समाप्ति की घोषणा न कर दें-, इस को ध्यान में रखते हुए किसी ने भी घटना का जिक्र उनसे नहीं किया।

उस विकेट का जिसे नाकू ठीक-ठाक स्थिति में छोड़ कर चला गया था, शेरू और रणजी ने निरीक्षण करने के बाद ही सिक्के को उछाला। रणजी ने 'हेड्स' माँगा! लेकिन आया टेल्स। इसके बाद शेरू ने पहले बल्लेबाजी करने का निर्णय किया।

❦

इनिंग का आगाज करने के लिए छोटे मणि के साथ लम्बे कद के दिल्ली का खिलाड़ी क्रीज पर पहुंचा।

मणि एक खब्बू बलेबाज था, जो लम्बे समय तक विकेट पर टिक कर खेल सकता था; परन्तु एक दिवसीय क्रिकेट मैच में, तेज गति से रन बनाने होते हैं। यह काम दिल्ली के खिलाड़ी ने कर दिखाया। पहले ओवर में उसने पहले एक चौका जड़ा, फिर ओवर की अंतिम गेंद पर उसने एक रन ले लिया।

तीसरे ओवर में मणि ने मारने की कोशिश की और जीरो रन पर बोल्ड हो गया। उस समय गाँव की टीम का स्कोर एक विकेट पर तेरह रन था।

रणजी ने तेज गेंदबाज से कहा, 'शाबाश।' 'लेकिन हमें इस लम्बे खिलाड़ी को जल्द से जल्द आउट करना है। यह काफी अच्छा खिलाड़ी दिखाई पड़ता है।'

पर लम्बे खिलाड़ी का आउट होने का कोई इरादा नहीं था। उसने दो चौका और जड़ा और फिर एक गेंद को जोरदार और ऊचां, नदी की तरफ मारा।

नाकू, जो उथले हुए पानी में नाराज होकर बैठा था, उसने गेंद को अपनी ओर आते हुए देखा। उसने अपने जबड़ों को पूरा खोल दिया, और फिर संतुष्टिदायक 'कलंक' की आवाज के साथ, गेंद उसके दांतों के बीच जाकर फंस गयी।

नाकू ने गेंद में अपने दांतों को गहराई तक गढ़ा कर उसे चबा डाला। बदला बहुत मिठास भरा था। और गेंद का स्वाद भी बहुत अच्छा था। चमड़े और कॉर्क का मिश्रण भी बिलकुल संतुलित था। नाकू ने तय कर लिया था कि यदि कोई भी दूसरी गेंद उसकी तरफ आएगी तो वह उसे झपट लेगा।

'बेचारा मगरमच्छ,' बैंक मैनेजर ने कहा। उसके बाद उन्होंने एक नयी गेंद निकाली और आग्रह किया कि वह इस नयी गेंद से खुद गेंदबाजी करेंगे।

यह ओवर मैच का सबसे महंगा ओवर साबित हुआ। बैंक मैनेजर की गेंदबाजी बहुत औसत थी और दिल्ली का खिलाड़ी उनकी गेंदों को चौकों और छक्कों के लिए पहुंचा रहा था। जल्दी ही स्कोर तेजी से

बढ़ता हुआ एक विकेट पर चालीस रन हो गया। बैंक मैनेजर ने शर्मिंदगी महसूस करते हुए खुद को गेंदबाजी से अलग कर लिया।

पर अब तक दस ओवर डाले जा चुके थे, और टीम का स्कोर 70 पहुँच चुका था। तब रणजी धीमी फिरकी गेंद करने आया, लेकिन गेंद पर उसका नियंत्रण नहीं बना और उसने बल्लेबाज को फुलटॉस गेंद दे दी। दिल्ली का खिलाड़ी, अभी तक अच्छी गेंद बहुत बढ़िया तरीके से खेल रहा था, तोहफे में दी गयी इस खराब गेंद पर वह अपने आपको रोक नहीं पाया, उसने उस खराब गेंद पर बड़ा स्वाइप मारने का प्रयास किया। परन्तु उसका यह शॉट मिसटाइम हो गया, और उसके आश्चर्य का ठिकाना नहीं रहा जब गेंद सीमा रेखा के पास खड़े खिलाड़ी के हाथों में समां गयी। अब स्कोर दो विकेट पर 70 रन था। अभी भी रणजी की टीम खेल में मौजूद थी।

उसके बाद दो और विकेट काफी सस्ते में गिर गए, और फिर शेरू मैदान में बल्लेबाजी करने के लिए उतरा और उसने शानदार तरीके से खेलना शुरू किया। उसके द्वारा लगाये जा रहे ड्राइव सीधे और सटीक थे। गेंद घास पर बिछे पीले फूलों को काटते हुए सरसरा के निकल गयी थी। एक बड़ा शॉट मुर्गी पोल्ट्री में जा घुसा और वहां से मुर्गियों के पंख उड़ने के साथ ही गालियों का सिलसिला भी शुरू हो गया। नाकू ने चल रहे माजरे को समझने के लिए अपनी गर्दन को उठा कर देखा। अब दोबारा कोई भी गेंद उसकी ओर नहीं आयी, और इस बीच उसकी गिद्दृष्टि बगुलों पर गढ़ी हुई थी, जो कि उसकी पहुँच से कुछ ही दूरी पर बैठा था।

स्कोर तेजी से बढ़ रहा था। क्षेत्र रक्षण ढीला हो गया, यह अक्सर उसी समय होता हैं जब बल्लेबाजों का पलड़ा भारी हो जाता है। एक कैच भी छूट गया। और नाथू के पिता जो कि विकेट कीपिंग कर रहे थे, उनसे एक स्टंपिंग भी छुट गयी।

नाथू भुनभुनाते हुए बोला, 'अब हमें अपनी टीम में किसी भी बूढ़े-बुजुर्ग को नहीं रखना है।'

बेकर ने गलती में सुधार करते हुए विकेट के पीछे एक अच्छा कैच लपक लिया। अब स्कोर पांच विकेट पर 115 रन था, और अभी

भी लगभग आधे ओवर शेष बचे हुए थे।

शेरू ने अपना छोर बचाए रखा, परन्तु दूसरे छोर से विकेट गिरते रहे और इस तरह निर्धारित ओवर में अभी पांच ओवर शेष रहने पर पारी समाप्त हो गयी। 145 के मामूली स्कोर पर पारी खत्म हो चुकी थी।

रणजी ने कहा, 'आसानी से पीछा कर लिया जायेगा।'

प्रेम ने कहा, 'कोई समस्या नहीं होनी चाहिये।'

इस बीच बैंक मैनेजर ने कहा कि पहले लंच कर लिया जाये। और फिर उन्होंने आधा घंटा खाना खाने में लिया।

गाँव के लड़के आराम और जलपान करने के लिए गाँव चले गए, जबकि रणजी और उसके टीम के सदस्य बरगद के पेड़ के नीचे पसर कर बैठ गए।

नाथू के पिता पेटीज और पकोड़े लाये थे, जबकि बैंक मैनेजर एक टोकरी संतरे और केले लेकर आये हुए थे; प्रेम कटहल की तरीदार सब्जी लेकर आया था, रणजी गाजर का हलवा लाया था, सुंदर एक बड़े से बर्तन में मटर और तली हुई प्याज के साथ बना हुआ पुलाव लाया था, और दूसरे लोग तरीदार सब्जियां, आचार, और सॉस लेकर आये थे। सभी लाये गए व्यंजन को बांटा गया, और इस दौरान जब पिकनिक अपने पराकाष्ठा पर थी तो किसी ने भी ध्यान नहीं दिया कि मगरमच्छ नाकू पानी से बाहर आ चुका था।

कुछ एक ऊँचे नरकाटों को आड़ के रूप में इस्तेमाल करते हुए, वह नदी के किनारे के आधे हिस्से तक पहुँच गया था। उसके भी नाक में स्वादिष्ट खाने की महक पहुँच चुकी थी और वह किसी भी हालत में पिकनिक से अलग नहीं रहना चाहता था। शायद इस आशा में कि लड़के उसके लिए कुछ न कुछ छोड़ देंगे। यदि ऐसा नहीं....

'बैंक मैनेजर ने उठते हुए घोषणा की, 'खेल शुरू करने का समय आ गया है।' 'मैं पारी की शुरुआत करूँगा। अगर हमें जीतना है तो हमें एक अच्छी शुरुआत चाहिये!'

युवा नाथू के साथ बैंक मैनेजर इनिंग का आगाज करने के लिए चहल-कदमी करते हुए विकेट पर पहुंचे। और गाँव की टीम की तरफ से शेरू ने गेंदबाजी की शुरुआत की।

बैंक मैनेजर ने पहली ही गेंद पर एक रन ले लिया। उसने खुद से आत्म संतुष्टि व्यक्त करते हुए अपने बल्ले को हवा में ऐसे लहराया जैसे कि मैच को जीत लिया गया हो। इसके बाद नाथू ओवर की बची सारी गेंदें बिना कोई मौका दिए खेल गया।

दूसरे छोर से दिल्ली के लम्बे खिलाड़ी ने गेंदबाजी शुरू की। बैंक मैनेजर ने अधीर होकर अपने बल्ले को थपथपाया, फिर उसे अपने कंधे के ऊपर उठाया, और मारने के लिए तैयार हो गए। गेंदबाज ने बोलिंग क्रीज तक पहुँचने के लिए लम्बा और तेज रनअप लिया। उसने एक छोटी सी तेज छलांग लगाई, हाथ घुमाया और गेंद तेजी से हवा में लहराती हुई बैंक मैनेजर के पास आ पहुंची।

बैंक मैनेजर का बल्ला उस वक़्त भी हवा में उठा हुआ था, जब गेंद तेजी से उनके पास से निकलते हुए बीच के स्टंप बिखेर गयी।

क्षेत्ररक्षकों की खुशी का ठिकाना नहीं रहा। बैंक मैनेजर को वापस बरगद के पेड़ की छाया में जाना पड़ा।

वह बड़बड़ाया, 'एक कीड़ा मेरी आँखों में गिर गया।' 'मैं तैयार नहीं था। सभी तरफ मक्खियाँ!' और फिर उन मक्खियों पर, जिसे दूसरा कोई नहीं देख सकता था, झपटने लगा।

जब गाँववासियों को पता चला उनके बीच में बैंक मैनेजर जैसे महत्वपूर्ण शख्स मौजूद है, तो उन्होंने तुरन्त निर्णय लिया कि उनका दूसरों की तरह जमीन पर बैठना ठीक नहीं होगा। इसलिए वे उनके लिए गाँव से एक खाट ले आये।

वह एक हल्की लकड़ी की चारपाई थी, जिसे पतली रस्सी से बाँधा गया था। बैंक मैनेजर आकर उस पर कुछ अजीब तरीके से बैठ गए। वह चरमरायी, लेकिन उनके वजन को ले लिया।

स्कोर एक विकेट पर एक रन था।

अनिल ने अपने पिता जी का स्थान लिया और दो ओवरों में दस

रन बना डाले। बैंक मैनेजर ने ध्यान न देने का नाटक किया लेकिन वास्तव में वह काफी खुश थे। उन्होंने कहा, 'मेरी तरह।' और फिर वह खाट पर आराम से बैठ गये।

नाथू ने अपने छोर को बचा कर रखा जबकि अनिल ने रन बनाये। फिर अनिल उस वक़्त मिडविकेट पर लपका गया, जब उसने एक गेंद पर ऊँचा शॉट खेल दिया।

उस वक़्त छः ओवर में दो विकेट पर पच्चीस रन थे। इससे भी बुरा हो सकता था।

बैंक मैनेजर ने अपने बेटे को शाबाशी दी, और फिर खेल के आगे की कार्यवाही में उनकी रूचि खत्म हो गयी। जल्दी ही वह खाट पर गहरी नींद में सो गए। ऐसा लग रहा था कि अब उन्हें मक्खियाँ बिलकुल परेशान नहीं कर रही थीं।

इस दौरान नाथू अच्छी बल्लेबाजी करता रहा, और चौथे तथा पांचवे विकेट के लिए अच्छी साझेदारी भी कायम हुई। फिर जब दिल्ली के खिलाड़ी की गेंदबाजी का कोटा समाप्त हो गया, तो बल्लेबाजों ने और आजाद होकर अपने स्ट्रोक्स को खेला। तभी छोटा मणि गेंदबाजी करने आया और उसकी एक गेंद काफी तेजी से घूमी, और नाथू विकेटकीपर के द्वारा लपका गया।

अब जब रणजी क्रीज पर पहुंचा तो स्कोर चार विकेट पर 75 था।

इससे पहले की वह अपना खाता भीं खोल पाता, दूसरे छोर पर उसका पार्टनर बोल्ड हो गया। और इसके बाद नाथू के पिता बैंक मैनेजर से ज्यादा बेहतर खेलने के दृढ़ संकल्प के साथ तेज कदमों से चलते हुए विकेट पर पहुंचे। इस तरह उन्होंने एक रन बनाकर सफलता हासिल की।

बेकर ने दो रन बनाये, और फिर जहाँ पर एक रन था, वहां दो रन लेने के चक्कर में विकेट के मध्य में फंस गए। और विकेट कीपर ने इस दौरान किल्लियाँ उखाड़ दी, और वह रन आउट हो गए।

लड़के उनसे कुछ भी नहीं कह पाए। और बैंक मैनेजर अभी भी बरगद की छाव में गहरी नींद में सो रहे थे।

सभी लोग मैच देखने में इतने ज्यादा तल्लीन थे कि नाकू मगरमच्छ

की ओर ध्यान ही नहीं दिया, जो कि नदी तट से और ऊपर की तरफ आ गया था और उस खाट के नीचे पहुँचने वाला था जिसके ऊपर बैंक मैनेजर सो रहे थे।

वहां पर इतनी जगह थी कि नाकू खाट के पाये के बीच में जाकर आराम कर सकता था। उसने सोचा कि वह एक सटीक जगह थी जहाँ पर वह छुप कर लेट सकता था, और उसकी नजर बड़े से आदमी पर नहीं पड़ी जो उस खाट के ऊपर शांति से सोया हुआ था।

जल्दी ही बैंक मैनेजर आहिस्ता-आहिस्ता खर्राटे भरने लगे, और नाकू ने भी आँखें झपका ली। नाकू खर्राटे लेने के बजाय अपने टेढ़े-मेंढ़े दांतों की परतों से सीटी बजाता हुआ प्रतीत हुआ।

पांच विकेट पर 75 रन और ऐसा लगने लगा था कि जल्द ही रणजी की टीम हार की कगार पर खड़ी होगी।

सुंदर, रणजी का साथ देने के लिए क्रीज पर आ गया था, और फिर शानदार ड्राइव के माध्यम से दो चौंके जड़ कर सब को अचंभित कर दिया। फिर रणजी भी अपनी लय में आ गया, और फिर उसने कट और पुल करते हुए एक के बाद एक चौके जड़ दिए। स्कोर तेजी से बढ़ने लगा। अब पांच विकेट पर 112 रन हो गए थे। एक बार फिर से जीत दिखाई पड़ने लगी थी।

सुंदर के स्टंप आउट होने के बाद, रणजी का साथ देने के लिए प्रेम क्रीज पर आया, जो कि एक बड़ा हिटर था। एक बार रन फिर तेजी से बनने लगे। और तुरन्त ही स्कोर 140 हो गया। अब जीत के लिए महज छः रन की आवश्यकता थी।

रणजी ने निर्णय लिया कि वह मैच को शानदार तरीके से समाप्त करेगा। हाफ-वॉली गेंद मिलने पर उसने गेंद को बहुत जोर से और ऊँचा बरगद के पेड़ की तरफ मारा।

थम्प! गेंद नाकू के जबड़े पर जाकर जोर से लगी और उसका एक दांत टूट गया।

उस दिन दूसरी बार नाकू ऊँघता हुआ पाया गया था। वह अब तक काफी सो चूका था।

नाकू पूंछ को पटकते हुए और जबड़े को चटकाते हुए आगे को छलांग मारते हुए बढ़ा। वह खाट जिस पर बैंक मैनेजर अभी भी सोये हुए थे, उसके साथ उठ गए। मगरमच्छ और खाट एक दूसरे में अब फंस चुके थे, और फिर नाकू तेजी से आगे की ओर भागा तो वह अपने साथ उस खाट को भी ले गया।

जब यह घटना हो रही थी, तब बैंक मैनेजर एक ऐसे सपने में डूबा हुआ था जिसमें वह नाव में सवार होकर समुंद्र में सैर-सपाटा कर रहा था। इस हलचल में वह जाग गया और पाया कि खाट दोनों सिरों से बहुत भयानक तरीके से हिल रही थी।

वह जोर-जोर से चिल्लाया, 'मदद! मेरी मदद करो!'

लड़के अब तक सभी दिशाओं में तितर-बितर हो गए थे, क्योंकि मगरमच्छ अब विकेट की ओर बढ़ रहा था, और वह स्टंप्स को गिरा रहा था और पिच को खोद रहा था। उसे एक पड़ी हुई गोल सन हैट मिली और उसने उसे निगल लिया। विकेटकीपर के दस्तानों का भी वही हाल हुआ। बल्लेबाजों के पैड उसकी पूंछ में फंस गए।

इस दौरान बैंक मैनेजर, खुद को बचाए रखने के लिए खाट से लटके रहे, लेकिन क्या वह नाकू के जबड़े और पूंछ के शिकंजे में फंसने से बच पायेगा? खैर, उसने फैसला कर लिया था कि वह खाट से तब तक लटका रहेगा जब तक कि नाकू से खाट अलग न हो जाए।

उन्होंने चिल्लाकर कहा, 'बच्चो आओ और मेरी मदद करो!' 'मुझे इस पर से उतारो!'

लेकिन खाट मगरमच्छ के साथ मजबूती से जकड़ी रही, और बैंक मैनेजर खाट से।

आखिरकार समस्या तब हल हुई जब नाकू ने नदी की तरफ अपना रुख किया और फिर अपने जाने-पहचाने पानी में डुबकी लगा दी। इस डुबकी के कारण बैंक मैनेजर खाट से पानी में गिर गया और फिर तेजी के साथ किनारे के तरफ दौड़ लगा दी, जबकि नाकू नदी के दूसरे

छोर की ओर जाने लगा।

इसी के साथ बैंक मैनेजर का कठिन दौर खत्म हो गया था, और साथ ही क्रिकेट मैच का भी अंत हो चुका था।

वह बोले, 'क्या तुम लोगों ने देखा कि किस तरह से मैंने उस मगरमच्छ का मुकाबला किया?' हालाँकि अभी उनके भीगे बदन से पानी की बुँदे टपक रही थीं, पर वह अपने आपको बेहतर स्थिति में ज्यादा सुरक्षित महसूस कर रहे थे। अचानक उन्होंने जानना चाहा 'वैसे मैच में किसकी जीत हुई?'

अपनी साइकिल की ओर वापस जाते हुए रणजी ने कहा, 'हमें नहीं पता।' अगर आप बीच में नहीं आते तो वह छक्का होता।'

शेरू जो कि उन को मुख्य सड़क तक छोड़ने आया था, उसने अगले हफ्ते फिर से एक मैच खेलने का न्यौता दें दिया।

बेकर ने कहा, 'अगले हफ्ते मैं व्यस्त हूँ।'

बैंक मैनेजर बोले, 'मुझे कुछ और खेलना है।'

रणजी ने जानना चाहा, 'वह कौन सा खेल है जिसे आपको खेलना है?'

बैंक मैनेजर ने कहा कि उन्हें शतरंज खेलना है।

रणजी और उसके दोस्त अगले मैच की योजना बनाने लग गए। 'बैंक मैनेजर ने कहा, 'तुम हमारे बगैर नहीं जीत सकोगे।'

बेकर ने मैनेजर की बात में हामी भरते हुए कहा, 'कोई चांस ही नहीं है।'

लेकिन रणजी की टीम ने अगला मैच खेला भी और जीता भी।

इस बार नाकू ने उन्हें परेशान नहीं किया। ऐसा इसलिए हुआ क्योंकि खाट अभी भी नाकू की पीठ से चिपकी हुई थी और उसे हटाने में उस मगरमच्छ को कई हफ्ते लग गए।

इस बीच बहुत सारे लोग बिस्तर बांधे मगरमच्छ को देखने आये।

उनमें से कुछ क्रिकेट देखने के लिए भी रुक गए थे।

द व्हिसलिंग स्कूल बॉय

चाँद अपने पूरे शबाब पर था। उसने सड़क पर उजली चांदनी की छटा बिखेरी हुई थी। लेकिन मुझे ऐसा लगा था कि पेड़ों की परछाइयाँ, टेढ़ी-मेढ़ी ओक, पेड़ की शाखाएं मेरी तरफ आने के लिए मेरा पीछा कर रही हों, उसमें से कुछ धमका रही हों, और अन्य को साथ की जरूरत हो।

एक रात मैंने सपने में देखा कि पेड़ चल सकते हैं। इस तरह की चांदनी रात में वे अपने को कुछ वक़्त के लिए अपनी जगह से जुदा कर लेते थे, और फिर एक दूसरे से मिलने जाते थे, आपस में पुराने वक़्त के उन इंसानों, खासतौर बुजुर्गों की और घटनाओं की बातें करते थे, जिन्हें उन्होंने कभी देखा था। और फिर सुबह होने से पहले, वे उस जगह पर लौट कर आ जाते थे जहाँ पर उन्हें बढ़ने के लिए अभिशप्त किया गया था। रात का आखिरी पहर हो जाता था। और यह उनके लिए एक दूसरे को शुभरात्रि कहकर लौटने का वक़्त होता था। वे ऐसा करने के लिए उत्सुक रहते थे। उस सन्नाटे भरी रात में पत्तों की व्याकुल भरी सरसराहट, शाखाओं की चरमराहट की आवाजें उनके अन्दर से आया करती थी।

अँधेरे में, कभी-कभी अन्य घुमक्कड़ मेरे पास से गुजर जाते थे। यह अभी काफी सुबह का वक़्त था, आठ ही तो बजे थे, और कुछ लोग तो वापस अपने घर जा रहे थे। जबकि कुछ दूसरे लोग सूरज की चमकदार रोशनी, दुकानों और रेस्तराँ का स्वाद लेने के लिए शहर में घूम रहे थे। अँधेरी सड़क होने के चलते, मैं उनमें से किसी को भी नहीं पहचान सका। उन्होंने मुझ पर ध्यान नहीं दिया। मुझे अपने बचपन का एक पुराना गीत याद आ गया। धीरे से, मैंने धुन गुनगुनाना शुरू किया, और जल्द ही उस गीत का तर्जुमा मेरे होंठो पर आ गया:

हम तीन,
कोई भीड़ नहीं हैं हम,
कोई साथी भी तो नहीं है हम,
बस यह मेरी गूंज,
मेरी छाया,
और मैं.....

मैंने नीचे अपनी परछाई की तरफ देखा, जो कि मेरे बगल में खामोशी से चल रही थी। क्या हम अपनी छाया को हल्के में नहीं लेते हैं? वह हमारी जिन्दगी भर की अडिग साथी है, हमारे हर कृत्य या चूक की मूक और असहाय गवाह है। इस उजली चांदनी रात में मैं तुम्हें अर्थात परछाई को देखे बगैर नहीं रह सका। और मुझे इस बात का अफसोस था कि जिस काम से मुझे शर्मिंदगी थी, उससे तुम्हें कई बार गुजरगा/सहना पड़ा; लेकिन साथ में, मुझे इस बात की खुशी भी थी कि जब मुझे छोटी सी जीत मिली तो उस वक़्त तुम मेरे साथ थे। और मेरी प्रतिध्वनि का क्या? मैंने सोचा कि क्यों न मैं पुकार कर देखूँ कि मेरी आवाज लौट कर मेरे पास आती है या नही, लेकिन फिर मैने ऐसा करने से परहेज किया, क्योंकि मैं पहाड़ों पर फैली घोर शांति या पेड़ों की बातचीत में खलल नहीं डालना चाहता था।

पहाड़ पर जाने वाली सड़क ऊबड़-खाबड़ थी और ऊपर की तरफ समतल थी, जहाँ पर यह ऊंचे देवदारों के बीच ऐसी लिपटी हुई थी कि मानो चांदनी की एक रिबन बन गई हो। एक उड़ने वाली गिलहरी की तरह एक पेड़ से दूसरे पेड़ को छोड़कर सड़क पर उड़ती रही हो। एक रात्रिचर ने बुलाया। बाकी सन्नाटा था।

पुराना कब्रिस्तान मेरे इर्द-गिर्द मंडरा रहा था। उस कब्रिस्तान में बहुत सी पुरानी कब्रें थीं- उनमें कुछ बड़ी कब्रें और स्मारक भी मौजूद थे। कुछ कब्रें अभी हाल की थी, जिससे पता चलता था कि कब्रिस्तान अभी भी इस्तेमाल किया जाता था। मैंने उनमें से किसी एक कब्र पर डहलिया और सुर्ख लाल स्लविया के कुछ सूखे हुए फूल बिखरे हुए

पाए। उस कब्रिस्तान की चारदीवारी के पास की सुरक्षा दीवार का एक हिस्सा भारी मानसूनी बारिश में ढह गया था। कब्र पर लगाये गए कुछ पत्थर भी उसके साथ नीचे आ गिरे थे। एक कब्र की मिट्टी के हट जाने से एक सड़ा हुआ ताबूत और मेरी और आपकी तरह जीने और प्यार करने वाले इन्सान की हड्डियाँ अवशेष के रूप में बिखरी हुई थी।

समाधि के पत्थर का एक हिस्सा सड़क के किनारे पड़ा था, लेकिन उस पर लिखे हुए अक्षर मिट गए थे। हालाँकि आमतौर पर मैं कोई विकृत व्यक्ति नहीं हूँ, फिर भी किसी चीज ने मुझे हड्डी का एक चिकना और गोल टुकड़ा उठाने के लिए मजबूर कर दिया। शायद वह चीज खोपड़ी का हिस्सा थी। और उसे लेकर जब मैने उसे अपनी मुठ्ठी में बंद किया तो हड्डी टूट कर चूरा हो गयी। मैंने उसे पास के घास में फेंक दिया। जिससे वहां पर धूल ही धूल हो गयी। और तभी कहीं पास से, किसी की सीटी बजाने की आवाज सुनाई दी।

पहले तो मैंने सोचा कि शायद शाम को चहल-कदमी वाला कोई व्यक्ति अपने आप में सिटी बजा रहा हो, ठीक उसी तरह जैसे कि मैं अपना पुराना गाना गाता था। लेकिन सीटी बजाने वाला बहुत तेजी के साथ मेरे नजदीक पहुँच गया; सीटी की आवाज तेज और प्रफ्फुल कर देने वाली थी। एक लड़का साइकिल पर सवार तेजी से आगे निकल गया। और इससे पहले कि उसकी साइकिल सड़क पर मौजूद छाया को चीरती हुई गुजर पाती, मैं उसकी एक झलक पाने में सफल हो पाया।

लेकिन फिर से एक बार वह चंद मिनटों के भीतर वापस आ गया। और कुछ फीट की दूरी पर आकर खड़ा हो गया, और मेरी तरफ उसने एक विचित्र रहस्यमय मुस्कान बिखेरी। वह चौदह-पंद्रह साल का एक दुबला-पतला सांवला लड़का था। उसने स्कूल का ब्लेजर और पीले रंग का स्कार्फ गले में लटकाया हुआ था। उसकी आँखें चांदनी झील की तरह थी।

मैंने कहा, 'क्या तुम्हारी साइकिल में घंटी नहीं है?'

उसने इसका कोई जवाब नहीं दिया, बस सिर को थोड़ा एक तरफ करते हुए मेरी ओर देखकर मुस्करा दिया। मैंने उसकी तरफ अपना हाथ

इस उम्मीद के साथ बढ़ाया कि शायद मुझसे हाथ मिलाएगा। लेकिन फिर, एकदम अचानक, वह खुशी से सीटी बजाता हुआ (हालाँकि बिना किसी सुर के) फिर से गायब हो गया। वह एक सीटी बजाता हुआ स्कूली छात्र था। हालाँकि बाहर निकलने के समय में कुछ ज्यादा देरी हो चूकी थी लेकिन वह देखने में आजाद पक्षी की तरह लग रहा था।

सीटी की आवाज आहिस्ता-आहिस्ता हल्की पड़ने लगी और फिर पूरी तरह गायब हो गयी। एक बार फिर से, जंगल में हलचल को नकारने वाली गहरी शांति छा गयी। इसके बाद, मैं और मेरी परछाई घर की तरफ चल पड़े।

अगले दिन मेरी सुबह की शुरुआत एक अलग किस्म की सीटी की आवाज के साथ हुई। यह दरअसल मेरी खिड़की के बाहर बैठी थ्रश (गीत गाने वाली चिड़ियाँ) का मधुर गीत था।

यह एक अद्‌भुत दिन था, धूप पूरी तरह से खिली हुई गर्मी तथा भावमय पैदा कर रही थी, और ऐसे में, मैं इसका आनंद उठाना चाहता था। लेकिन मुझे कई काम निपटाने थे, प्रूफ को ठीक करना था, और कई खत लिखने थे। और फिर, मैं कई दिनों से पहाड़ की चोटी पर स्थित, देवदार के पेड़ों के नीचे उस एकांत शांत विश्राम स्थल पर भी तो नहीं जा पाया था। यह एक विडंबना ही तो थी कि जिन लोगों ने चमकती हुई बर्फ से ढकी चोटियों का सबसे अच्छा नजारा देखा था, वे सभी कई फीट नीचे कब्र में दफन हो चुके थे।

कुछ मरम्मत का काम चल रहा था। कब्रिस्तान की दीवार को दुरुस्त रखने के लिए उसे मजबूत किया जा रहा था, लेकिन काम की देख-रेख कर रहे ओवरसियर ने मुझे बताया कि क्षतिग्रस्त कब्र की मरम्मत करने के लिए पैसे नहीं हैं। चौकीदार की मदद से, मैंने बिखरी हुई हड्डियों को ढह चुकी हुई चिनाई से उभर आये छोटे से गड्ढे के अंदर रख दिया, और उस चौकीदार के पास कुछ पैसे छोड़ दिए ताकि वह टूट गयी कब्रों की मरम्मत करवा ले। कब्र के पत्थर पर लिखा हुआ नाम घिस गया था, लेकिन मुझे 20, नवम्बर 1950 की तारीख दिखाई पड़ रही थी, कोई पचास साल पुरानी, लेकिन इतनी भी नहीं जितना कि

कब्र पर लगे पत्थर बयाँ कर रहे थे।

मुझे चर्च के बरामदे में एक रजिस्टर मिला जिसमें उन लोगों का लेखा-जोखा था जो इस कब्रिस्तान में दफनाये गए थे। मैं 1950 के दौर के, जब मै खुद एक स्कूली छात्र हुआ करता था, के पन्ने को ढूंढने के लिए रजिस्टर पलटने लगा। और मुझे माइकल दत्ता जिसकी उम्र 15 वर्ष थी का नाम मिला, और रजिस्टर में, उसकी मौत का कारण: सड़क दुर्घटना बताया गया था।

खैर, मैं केवल अनुमान ही लगा सकता था। पर इस अनुमान को निश्चित्ता में बदलने के लिए, यह जरूरी था कि मैं किसी ऐसे बुजुर्ग निवासी की तलाश करूँ जिसे उस लड़के या उस दुर्घटना के बारे में याद हो।

पाइन टॉप पर एक मिस मारले नाम की बुजुर्ग महिला रहती थी। वह वुडस्टॉक से एक सेवानिवृत्त टीचर थीं, और उनकी याददाश्त सचमुच बहुत लाजवाब थी, इतना ही नहीं उन्होंने इस जगह पर पिछले पचास से भी ज्यादा वक्त बिताया था।

सफेद बालों और चिकने गालों वाली, उस बुजुर्ग महिला ने मुझे पुराने जमाने के पिंस-नेज (ऐसा चश्मा जो कि नाक पर रखा हुआ होता है) के झरोखे से, अपनी नीली आँखों के माध्यम से, जिज्ञासा भरी नजरों से, सौम्यता से देखा।

'माइकल जोश से भरा हुआ, दूसरों का भला करने के लिए तैयार रहने वाला एक सौम्य लड़का था। मुझे केवल कहना भर होता था कि मुझे अखबार या एक एस्पिरिन की जरूरत है, और वह अपनी साइकिल पर सवार होकर बड़े ही बेपरवाह होकर इन खड़ी सड़कों पर साइकिल दौड़ा देता था। लेकिन ये तीव्र मोड़ों वाली पहाड़ी सड़कें, साइकिल पर दौड़ने के लिए नहीं बनी थीं। उस वक्त सड़क का चौड़ीकरण किया जा रहा था, और ऐसे में एक ट्रक जिसमें मलवा लदा था ऊपर की तरफ से आया, और उसी वक्त माइकल साइकिल पर सवार मोड़ पर आ गया और फिर सिर के बल उस ट्रक से जा टकराया। उसे तुरन्त अस्पताल ले जाया गया, और डाक्टरों ने भरसक प्रयास किया, लेकिन

उसे होश नहीं आया। शायद, तुमने उसकी कब्र जरूर देखी होगी। और तभी तुम मुझसे मिलने मेरे पास आये हो। जहाँ तक उसके माता-पिता का सवाल है? वे कुछ ही दिनों के बाद यहाँ से चले गए थे। मुझे लगता है, शायद वे विदेश चले गए....एक सौम्य लड़का, माइकल, परन्तु थोड़ा ज्यादा बेपरवाह। मुझे लगता है, यदि तुम उससे मिलते तो तुम्हें वह जरूर पसंद आता।'

इसके बाद कुछ वक्त के लिए मुझे वह भूतिया साइकिल सवार दोबारा नहीं दिखाई दिया, यद्यपि उसकी मौजूदगी को मैंने कई बार महसूस किया था। और जब, सर्दी की एक सर्द शाम को, मैं सन्नाटे भरे कब्रिस्तान से गुजरा, तो मुझे लगा कि मैंने उसे कहीं बहुत दूर से सीटी बजाते हुए सुना है। लेकिन वह खुद कभी सामने नहीं दिखाई पड़ा। शायद यह केवल मेरी तुच्छ छाया के साथ एक सीटी की प्रतिध्वनि का समागम था।

कई महीनों के गुजर जाने के बाद मैंने एक बार फिर से उस मुस्कुराते हुए चेहरे को देखा। और फिर उस दिन वह मेरे पास धुंध से निकल कर सामने आ खड़ा हुआ, जब मैं मानसूनी बारिश में भीगता हुआ अपने घर जा रहा था। दरअसल, उस दिन मैं रात्रि भोज की एक दावत में पुराने सामुदायिक केंद्र गया था, और 'आइब्रो' नामक संकीर्ण, उबड़-खाबड़ रास्ते से घर की तरफ लौट रहा था। उस पूरी शाम तूफान का खतरा मंडराता रहा। पहाड़ी पर गहरी धुंध छा गई थी। धुंध इतनी घनी थी कि मेरे टॉर्च की रोशनी भी उसको भेद नहीं पा रही थी। आसमान बिजली की रोशनी में चमक उठा था और पहाड़ों पर बादल गड़गड़ा रहे थे। बारिश तेज हो चुकी थी। मैं धीरे-धीरे, सावधानी के साथ, पहाड़ी को पकड़ते हुए आगे बढ़ा। तभी भीषण गड़गड़ाहट हुई, और फिर मैंने उसी पतले काले युवक को जिसे कब्रिस्तान में दफना दिया गया था, धुंध से प्रकट होकर मेरे सामने खड़ा होते हुए देखा। इस बार वह मुस्कराया नहीं। इसकी जगह, उसने अपना हाथ उठाया और मेरी ओर लहराया। मैं झिझककर, खामोशी के साथ स्थिर खड़ा रहा। धुंध थोड़ा सा उठी और मैंने पाया कि रास्ता गायब हो चूका था। मेरे

सामने कुछ दूरी पर रास्ता तेजी से गायब होता जा रहा था। और तभी एक पत्थर लगभग एक सौ फीट से नीचे जा गिरा।

जैसे ही मैं सहारा लेने एक कंटीली झाड़ी को पकड़ने के लिए पीछे हटा, वह लड़का गायब हो गया। उसके बाद मैं लड़खड़ाते हुए सामुदायिक केंद्र में वापस आ गया और वहां पुस्तकालय में रखी एक कुर्सी पर रात बिताई।

उसके बाद मैंने उसे दोबारा नहीं देखा।

लेकिन कुछ हफ्तों बाद, जब मैं फ्लू से गंभीर रूप से ग्रसित था, तब एक दिन जब बिस्तर में था तो मैंने उसे अपनी खिड़की के नीचे सीटी बजाते हुए सुना। मुझे समझ में नहीं आया कि वह क्यों सीटी बजा रहा था। क्या वह मुझे शामिल होने के लिए आमंत्रित कर रहा था, या फिर वह मुझे आश्वस्त करने की कोशिश कर रहा था कि सब कुछ ठीक है? मैं बिस्तर से उठा और बाहर देखा, लेकिन मुझे कोई नहीं दिखाई दिया। इसके बाद वक़्त-वक़्त पर मुझे उसकी सीटी की आवाजें सुनाई देती रही; लेकिन फिर जैसे-जैसे मैं ठीक होता गया, सीटी की आवाज धीमी पड़ती गयी, और फिर वह पूरी तरह से आना बंद हो गयी।

पूरी तरह से स्वस्थ हो जाने के बाद, मैंने पहाड़ी के ऊपर जाने का सिलसिला एक बार फिर से शुरू किया। हालाँकि, फिर भी मै कब्रिस्तान के पास अंधेरा होने तक रूका करता था और वीरान सड़क पर इधर-उधर चलता रहता था, लेकिन इसके बावजूद भी मैंने फिर कभी सीटी बजाने वाले को दोबारा न तो देखा और न ही सुना। मुझे अकेलापन सताने लगा था, एक दोस्त की जरूरत महसूस होती थी, फिर चाहे वह भूतिया साइकिल वाला ही क्यों न हों। लेकिन वहां सिर्फ पेड़ ही थे और कुछ नहीं था।

और इस तरह रोज शाम को, मैं अँधेरे में वही पुराना गीत गाता हुआ घर वापस लौट आता था:

हम तीन,
कोई भीड़ नहीं हैं हम,
कोई साथी भी तो नहीं है हम,
बस यह मेरी गूंज,
मेरी छाया,
और मैं.....

देवदार के घने जंगल के बीच में स्कूल

1

एक फुर्तीले और बलवान तेंदुए ने पहाड़ के झरने से पानी पिया, और फिर फरवरी माह के अंतिम दिनों की धूप का आनंद लेने के लिए वहीं घास पर लेट गया। कभी-कभी वह अपनी पूंछ को हिला देता था। और ऐसा लगता था कि मानो वह सो रहा हो। दूर से आती आवाज को सुनने के लिए उसने अपना सिर उठाया, फिर खड़ा हुआ और धीमे से झरने के पत्थरों पर छलांग मार कर, झरने के दूसरे सिरे के पेड़ों के बीच गायब हो गया।

इस घटना के एक या दो मिनट बाद, तीन बच्चे जंगल के रास्ते चलते हुए आये। उनमें एक लड़की और दो लड़के थे, और वे अपनी स्थानीय बोली में एक पुराना गाना गा रहे थे जो उन्होंने अपने दादा-दादी से सीखा था।

अभी पांच कोस और चलना है!
हमें बारिश और बर्फ को चीरते हुए बढ़ना है।
और एक नदी पार करने के लिए...
एक पहाड़ को लांघना है...
चार कोस और शेष है, जिसे हमने फतह करना ही है!

स्कूल नया दिखाई दे रहा था, उनके कपड़े धुले और प्रेस थे। उनके द्वारा तेज और खुशनुमा आवाज में गाये जा रहे गाने से चितकबरी फोर्कटेल नामक पक्षी चौकन्ना हो गयी थी। पक्षी ने पानी में पड़े अपने पसंदीदा पत्थर को छोड़ा और अंधेरी घाटी में उड़ गयी।

सबसे बड़ा लड़का, प्रकाश जो पहले भी इस रास्ते से सैकड़ों बार आ चुका था बोला, 'बस, अब हमें कुल तीन मील और चलना है।' 'लेकिन इसे पूरा करने के लिए पहले हमें नदी को पार करना होगा।'

वह बारह साल का हट्टा-कट्टा लड़का था, जिसकी आंखें रसभरी जैसी थीं और सिर पर घने बाल जो कि एक जगह रुकने का नाम नहीं ले रहे थे। जबकि उसके साथ चल रही लड़की और उसका छोटा भाई पहली बार इस रास्ते से गुजर रहे थे।

छोटे लड़के ने कहा, 'बीना, अब मैं थक गया हूँ।'

बीना उसकी तरफ देखकर मुस्कराई, और प्रकाश ने कहा, 'सोनू, कोई बात नहीं, तुम इस तरह से चलने के आदी हो जाओगे। अभी बहुत वक़्त है।' उसने अपनी पुरानी घड़ी की ओर देखा जो उसे उसके दादा जी से मिली थी। उसने बताया, 'इस घड़ी को लगातार हिलाने की जरूरत होती है। हम पांच या छः मिनट के लिए आराम कर सकते है।'

वे एक बड़ी-सी चिकनी चट्टान पर बैठ गए और पहाड़ी की तरफ से गिरती हुई साफ और उथली नदी की धारा को देखने लगे। बीना प्रकाश की कलाई पर बंधी घड़ी की जाँच करने लगी। उस घड़ी के कांच पर बहुत ज्यादा खरोंचे थी, जिससे वह बमुश्किल से डायल को देख पा रही थी। उसने प्रकाश से जानना चाहा, 'क्या उसे यकीन है कि यह घड़ी अभी भी सही समय दिखा रही है।'

प्रकाश ने बताया, 'यह घड़ी प्रतिदिन पांच मिनट पीछे हो जाती है, इसलिए मैं रात को दस मिनट आगे कर देता हूँ। इसका अर्थ है कि सुबह होने तक यह घड़ी ठीक समय दिखाने लगती है! यहाँ तक की हमारे टीचर, श्रीमान मणि भी मुझ से ही समय पूछते हैं। अगर वह नहीं पूछते हैं तो भी मैं उन्हें समय बताता हूँ! हमारी कक्षा में लगी हुई घड़ी अकसर रुकती रहती है।'

उन्होंने अपने जूते उतार दिए और पहाड़ से आने वाले ठंडे पानी में अपने पैरो को डुबो दिया। बीना प्रकाश की हमउम्र थी। उसके गाल गुलाबी, आँखें हलकी भूरी और बाल घुंघराले थे, लेकिन उसके बाल का प्राक्रतिक घुंघरालापन अब कम होता जा रहा था। उसका चेहरा

सौम्य था, लेकिन दृढ़निश्चयी छोटी ठुड्डी से पता चलता था कि वह एक कठोर इंसान हो सकती थी। उसका छोटा भाई सोनू दस साल का था। चूंकि बाल अवस्था से ही वह काफी बीमार रहा था, इसलिए वह दुबला-पतला लड़का था। लेकिन अब उसकी मांस-पेशियाँ भरने लगी थी। हालाँकि वह एथलिट की तरह हष्ट-पुष्ट नहीं दिखाई देता था, पर वह हवा के माफिक दौड़ता था।

बीना पहाड़ के दूसरी तरफ अपने गांव कोली में स्कूल जाती थी। लेकिन यह एक प्राथमिक विद्यालय था, जो कक्षा पाँच तक ही था। अब छठी कक्षा में पढ़ने के लिए उसे रोज कई मील पैदल चलकर नौटी नामक जगह जाना पड़ता था, जहाँ पर उच्चतर प्राथमिक स्कूल था। आखिरकार, यह तय हुआ कि बीना का साथ देने के लिए सोनू भी नए स्कूल में जायेगा। कोली गाँव में, उन दोनों का पड़ोसी प्रकाश था, जो कि पहले से ही नौटी स्कूल में पढ़ा करता था। उसका शरारती स्वभाव, कभी-कभी उसे मुसीबत में डाल देता था, इन शरारतों का नतीजा यह हुआ कि उसे क्लास को फिर से पढ़ना पड़ा।

लेकिन इससे उसे कोई फर्क नहीं पड़ा। उसने अपने नाराज माता-पिता से कहा, ‘इतनी जल्दी भी क्या है? मेरे स्कूल खत्म करने के बाद तुम मुझे विदेश तो नहीं भेजने जा रहे हो। और न ही हमारी गायें ही भाग रही हैं?’

जब वे सब आगे बढ़ने के लिए उठे, तो बीना ने प्रकाश से पूछा, ‘आप गायों की देखभाल करना पसंद करेंगे, है न?’

‘ओह, स्कूल तक तो सब ठीक है। उस वक्त तक इंतजार करो जबतक की तुम्हारा सामना बूढ़े मणि से न पड़ जाये। वह हमेशा हमारे नामों को मिला देते हैं, इतना ही नहीं बल्कि उन विषयों को भी जिसे उन्हें पढ़ाना होता है। आखिरी घंटी में, गणित के बजाय, उन्होंने हमें भूगोल का पाठ पढ़ाया!’

बीना ने कहा, ‘गणित से ज्यादा सामाजिक विज्ञान में मजा आता है।’

हाँ, लेकिन इस साल एक नई टीचर आयी है। वह अभी बहुत जवान है, ऐसा कहा जाता है कि अभी ही उन्होंने कॉलेज की पढ़ाई

पूरी की है। मैं सोचता हूँ कि वह कैसी लगती होंगी।'

बीना तेजी से चलने लगी और इस कारण से सोनू उनके साथ चलने में थोड़ा परेशानी महसूस करने लगा। वह नए स्कूल और अलग परिवेश के बारे में सोचकर उत्साहित थी। शायद ही कभी वह उस गाँव से बाहर गयी थी जहाँ उसका छोटा सा स्कूल और एक मात्र गल्ले की दुकान थी। उस गाँव में, उसकी दिनचर्या में कोई बदलाव नहीं आता था- उसको खेतों में अपनी माँ की मदद करना या झरने से पानी लाना या मवेशियों के लिए घास और चारा काटना जैसों कामों में मदद करने के अलावा कुछ और काम नहीं था। उसके पिता सैनिक थे, जिस कारण से उन्हें साल में नौ महीने बाहर ही रहना पड़ता था और जहाँ तक सोनू का सवाल था वह अभी भारी कामों के लिए बहुत छोटा था।

जैसे ही वे नौटी गांव के पास पहुंचे, अलग-अलग दिशाओं से आ रहे अन्य बच्चे भी उनके साथ जुड़ते चले गए। यहां तक कि जहां पर कोई मुख्य सड़क नहीं थीं, वहां भी पहाड़ छोटी-छोटी गलियों और छोटे रास्तों से पटा पड़ा था।

पहाड़ियों और गांवों के बीच से गुजरते ये संकरे टेढ़े-मेढ़े रास्ते, साँप और सीढ़ी के खेल की तरह, खेतों और संकीर्ण खड्डों से उस वक्त तक गुजरते थे जब तक कि वे सभी दिशाओं से आकर, एक काफी व्यस्त सड़क में तब्दील नहीं हो जाती थी। इस सड़क पर खच्चर, मवेशी और बकरियाँ का जमावड़ा दिखाई पड़ता था।

नौटी एक अच्छा खासा बड़ा गाँव था। और इस जगह से चौड़ी पर धूल भरी सड़क टीहरी के लिए शुरू होती थी। वहां एक छोटी बस, बहुत से ट्रक और एक रोड-रोलर था। सड़क अभी तैयार नहीं हुई थी क्योंकि भारी भरकम डीजल रोलर नौटी की तीखी चढ़ाई पर नहीं चढ़ सकता था। यह रोलर, टिहरी से आधी दूरी पर सड़क के किनारे खड़ा था।

प्रकाश उस क्षेत्र के लगभग सभी लोगों से परिचित था, दूसरे अन्य बच्चों के साथ-साथ खच्चर चलाने वालों, बस चालकों, दूधवालों और सड़क पर काम करने वाले मजदूरों के साथ उसका दुआ-सलाम का रिश्ता था। उसे सभी लोगों को समय बताना बहुत अच्छा लगता था,

फिर चाहे उन लोगों की समय जानने में कोई दिलचस्पी हो या न हो।

वह अपनी कलाई पर बंधी घड़ी पर नजर गढ़ा कर घोषणा करता, 'नौ बजे हैं!' 'क्या आज तुम लोगों की बस नहीं जा रही है?'

बस का ड्राईवर झिड़क कर कहता, 'भागो! अपना काम करो, मुझे जब लगेगा तब मैं इन्हें ले जाऊंगा।'

बच्चे जैसे ही नौटी के पास पहुंचे, उन्हें गाँव के बाहरी इलाके में एक सपाट टीले पर स्कूल भवन दिखाई देने लगा, यह भवन लम्बी पत्तियों वाले चीड़ के पेड़ों के कतर से घिरा हुआ था। खेल के मैदान पर एक छोटी सी भीड़ जमा हो चुकी थी। ऐसा लग रहा था कि शायद वहां पर कुछ असामान्य घटना घटित हुई हो। प्रकाश जानने के लिए तेजी से आगे बढ़ा। जबकि बीना और सोनू, चारदीवारी के पास धूप में एक तरफ खड़े होकर उसका इंतजार करने लगे।

प्रकाश जल्दी ही दौड़ता हुआ उनके पास वापस आया। वह जोश से भरा हुआ था।

उसने हांफते हुए उन्हें बताया, 'श्रीमान मणि! वह गायब हो गये हैं! लोग कह रहे हैं कि उन्हें तेंदुआ उठा ले गया होगा!'

2

सही कहा जाये तो श्रीमान मणि अभी इतने भी बूढ़े नहीं हुए थे। वह लगभग 55 वर्ष के रहे होंगे, और अब जल्द ही सेवानिवृत्त होने वाले थे। लेकिन बच्चों के लिए, हर एक वह व्यक्ति जो 40 से ऊपर हो जाता है, उन्हें वह प्राचीन काल का दिखाई देने लगता है! और श्रीमान मणि, अपने युवा अवस्था से ही थोड़ा खोये हुए से रहते थे।

वह सुबह टहलने के लिए यह कहकर निकले थे कि वह नाश्ते के लिए और स्कूल जाने के वक़्त तक, यानि लगभग आठ बजे तक लौट आयेंगे। उनकी शादी नहीं हुई थी, लेकिन उनकी बहन और उसका पति उनके साथ ही रहते थे। जब नौ बज चुके थे तो उनकी बहन को लगा कि शायद वह नाश्ता करने के लिए किसी एक पड़ोसी के घर रुक गए है (वह दूसरों के यहाँ नाश्ता करना पसंद करते थे) और फिर

वहाँ से स्कूल चले गए होंगे। लेकिन उस समय हलचल शुरू हो गयी, जब दस बजे स्कूल की घंटी बजी, और श्रीमान मणि को छोड़कर बाकी सभी लोग उपस्थित पाए गए। वहाँ पर मौजूद लोगों ने उनके बारे में जानना चाहा और उनकी गैरमौजूदगी को लेकर कयास लगाये जाने लगे।

किसी ने भी उन्हें वापस आते हुए नहीं देखा था और गाँव में पूछताछ करने से पता चला कि वह किसी के घर पर भी नहीं रुके थे। यकीनन श्रीमान मणि का यूँ खो जाना सचमुच एक पहेली थी, और खासतौर पर बिना नाश्ता किये गायब होना और भी अचंभित करता था।

तभी एक दूध वाला वहां से गुजरा जो कि दूसरे गाँव से लौट रहा था। उसने बताया कि उसने देवदार के जंगल के किनारे पर एक तेंदुए को चट्टान पर बैठे हुए देखा था। उस दौर में, बांध निर्माण होने के कारण विस्थापित हुए तेंदुए और दूसरे जानवरों के द्वारा घाटी में मारे जा रहे मवेशियों की चर्चाएँ जोरों पर थी। लेकिन अभी तक किसी ने तेंदुए द्वारा किसी आदमी पर हमला करने की बात नहीं सुनी थी। क्या श्रीमान मणि तेंदुए के पहले शिकार हो सकते थे? इसी बीच किसी को जामुन की झाड़ियों में उलझी हुई एक लाल कपड़े की पट्टी मिली, वह उस पट्टी को लेकर सबको दिखाता हुआ गाँव में एक सिरे से दूसरे सिरे की ओर भागता चला गया। श्रीमान मणि अक्सर लाल रंग का पायजामा पहनने के लिए जाने जाते थे। निश्चय ही, तेंदुआ उन पर झपटा होगा और फिर अपना भोजन बना लिया होगा! लेकिन उनके शरीर का बचा हुआ हिस्सा कहाँ था? और वह पायजामा में क्यों गए होंगे?

इस बीच, बीना और सोनू व अन्य बच्चे शिक्षकों के पीछे चलते-चलते स्कूल के खेल मैदान में पहुँच चुके थे। बीना थोड़ा सहमा महसूस करते हुए, प्रकाश को ढूंढने के लिए इधर-उधर देखने लगी थी। तभी उसने अपने सामने चश्मा पहने एक सांवली दुबली युवा महिला को पाया, उस महिला की उम्र लगभग बीस के आसपास रही होगी, जो कि एक छात्रा की उम्र से कुछ ज्यादा थी। उसके चेहरे पर दया के भाव थे और वहां जो कुछ भी घटित हो रहा था उसके प्रति वह थोड़ी चिंतित लग रही थी।

बीना ने ध्यान से देखा कि उसके हाथ बहुत खूबसूरत थे; निश्चित ही इस नयी शिक्षिका ने गाय का दूध या खेतों में काम नहीं किया होगा!

शिक्षिका बीना को देखकर मुस्करायी और बोली, 'तुम यहाँ नई हो।' फिर सोनू को देखते हुए उन्होंने कहा, 'क्या यह तुम्हारा छोटा भाई है?'

'हां, हम कोली गांव से आये हैं। हम वहां स्कूल में पढ़ते थे।'

'कोली से तुमने लम्बा सफर तय किया है। क्या तुमने यहाँ आते हुए कोई तेंदुआ तो नहीं देखा? खैर मैं भी यहाँ पर नई हूँ। क्या तुमने छठी कक्षा में प्रवेश लिया है?'

'जी, सोनू तीसरी में, और मैंने कक्षा छः में दाखिला लिया है।'

'तो मैं तुम्हारी नयी शिक्षिका हूँ। मेरा नाम तानिया रमोला है। मेरे साथ आओ, चलकर देखते हैं कि हमें अपनी कक्षा में बैठने की जगह कहां मिलेगी।'

श्रीमान मणि बारह बजे स्कूल पहुंचे, और वहां हंगामा देखकर सोचने लगे कि आखिर यह सब क्या हो रहा था। उन्होंने चिल्लाकर कहा, 'नहीं, तेंदुए ने उन पर कोई हमला नहीं किया था; और हाँ, उनका पायजामा खो गया था, यदि किसी को मिले तो कृपा करके लौटाने का कष्ट करे?

'प्रकाश ने जानना चाहा, 'सर, आपने अपना पायजामा कैसे खो दिया?'

श्रीमान मणि ने झल्लाकर कहा, 'वे तार पर लटके हुए थे और वहीं से उड़ गए थे!'

बहुत पूछताछ करने के बाद, श्री मणि ने स्वीकारा कि उनका जहाँ तक जाने का इरादा था वह उससे कही ज्यादा आगे तक चले गए थे, और फिर वापस लौटने के वक्त वह रास्ता भटक गए थे। दरअसल श्रीमान मणि नई शिक्षिका के आने से थोड़ा परेशान हो गए थे। क्योंकि इस नई शिक्षिका को जो अभी लड़की ही थी, को छठी कक्षा का प्रभार दे दिया गया था, जबकि उन्हें अभी भी पाँचवीं कक्षा की ही जिम्मेदारी दी गयी थी, इसके साथ ही उस कक्षा में प्रकाश नामक लड़का था जो उन्हें समय की याद दिला कर हमेशा परेशान करता रहता था। हेडमास्टर ने बताया कि चूंकि श्रीमान मणि की इस साल के अंत में सेवा समाप्त होने वाली है, इसलिए स्कूल उन पर सीनियर कक्षा का बोझ नहीं डालना

चाहता था। लेकिन श्रीमान मणि इस पूरे मामले को खुद से छुटकारा पाने की साजिश के रूप में देख रहा था। वह जब भी मिस रमोला के पास से गुजरते, तो उन्हें घूरकर देखते थे। और मिस रमोला उनकी तरफ मुस्करा कर देखती तो वह दूसरी तरफ देखने लग जाते थे!

श्रीमान मणि अब और भी ज्यादा गुमसुम रहने लग गए थे। वह मोजे के बगैर जूता पहन लेते, वे अपने घर में बनाये हुए वास्केट को उल्टा पहन लेते, लोगों के नाम को मिला कर बोलते और, दूसरे लोगों का दिन एवं रात का भोजन खा जाया करते थे। उनकी बहन ने फ्लू से ग्रसित पोस्टमास्टर के लिए बकरे के पाये बनाये थे और श्रीमान मणि से उन्होंने उसे एक थर्मस में रखकर उनके पास पहुँचाने के लिए कहा। पर जब पोस्टमास्टर ने थर्मस को खोला तो उन्हें पाये की चंद बूँदें ही मिल सकी। दरअसल श्रीमान मणि ने रास्ते में ही कहीं सारा पाये का शोरबा चट कर दिया था।

जब कभी श्रीमान मणि अपने सेवानिवृत्ति के बारे में कुछ कहते तो उसके पीछे उनका उद्देश्य उस छोटी सी जमीन के सन्दर्भ में अपनी योजनाओं को वर्णन करने का मकसद होता था जो कि उनके ठीक घर के पीछे थी एवं जिसके वह खुद मालिक थे। अभी वह जमीन आलू से भरी हुई थी, जिसकी कोई ज्यादा देखभाल की जरूरत नहीं थी; लेकिन आगे उनकी योजना उस जमीन पर डहलिया, गुलाब, फ्रेंच बीन्स और अन्य दूसरे फल और फूल उगाने की थी।

अगली बार जब उन्होंने टिहरी का दौरा किया तो, उन्होंने खुद से डहलिया के पौधे और गुलाब की कलमें खरीदने का वादा किया। मानसून का मौसम उन्हें लगाने करने का अच्छा समय होगा। और इस दौरान, उनके आलू फल-फूल रहे थे।

3

बीना को नए स्कूल का पहला दिन बहुत अच्छा लगा। क्लास के दूसरे सभी लड़के और लड़कियों की तरह उसने भी मिस रमोला के साथ अपने आपको सहज महसूस किया। तानिया रमोला दिल्ली और मुंबई जैसे

दूर-दराज के शहरों में जा चुकी थी, यह वह शहर थे जिनके बारे में उन बच्चों ने केवल पढ़ा ही था। और ऐसा भी कहा जाता था कि उसका एक भाई था जो कि पायलट था और वह पूरी दुनिया में विमान उड़ाता था। शायद वह किसी दिन नौटी के ऊपर से भी उड़ान भरेगा!

वैसे ज्यादा बच्चों ने हवाई जहाज आकाश में उड़ते हुए देखा था, लेकिन किसी ने भी पानी का जहाज नहीं देखा था, और कुछ ही बच्चे ऐसे थे जो ट्रेन में सवार हुए थे। टिहरी का पहाड़ रेलगाड़ी के स्टेशन से काफी दूर था और समुंद्र से तो कई सौ मील दूर पर था। लेकिन हाँ, उन सभी को बांध परियोजना के बारे में पता था जिसका काम उनके गाँव से बस चालीस मील दूरी पर चल रहा था।

धीरे-धीरे अन्य सभी बच्चे अपने अलग-अलग दिशाओं की ओर रवाना हो गए, लेकिन बीना, सोनू और प्रकाश घर तक पूरे रास्ते में एक साथ रहे। एक बार जब उन्होंने नदी को पार कर लिया, तो वे सब अपने खुद के मालिक बन गए।

गाँव वापस जाते वक्त पूरा ही रास्ता तीखी चढ़ाई का था, जिसे उन्हें चढ़कर अपने घर पहुंचना था। प्रकाश के पास कुछ मूंगफली थी जिसे उसने बीना और सोनू के साथ बांटकर खाया, और फिर एक छोटे से झरने के बहते पानी से उन्होंने अपनी प्यास बुझाई।

जब घर की दूरी लगभग एक मील रही होगी, तभी उनकी मुलाकात एक डाकिये से हुई जो गाँव में डाक बाँट कर नौटी वापस जा रहा था।

उसने उन सभी से कहा, 'रास्ते पर वक्त बर्बाद मत करो।' अँधेरा होने से पहले घर पहुँचने की कोशिश करो।'

अपनी घड़ी पर नजर गढ़ा कर, प्रकाश ने पूछा, 'किस बात की इतनी जल्दी है?' 'अभी तो मात्र पांच बज रहा है।'

उसने कहा, 'एक तेंदुआ घूम रहा है। मैने आज सुबह झरने के पास ही उसे देखा था। किसी को भी नहीं पता है कि वह यहाँ कैसे आ गया है। इसलिए कोई खतरा मोल मत लो। जल्दी से जल्दी अपने घर पहुँच जाओ।

सोनू बोला, 'तो वाकई तेंदुआ है।'

उन्होंने उस डाकिये की सलाह मानी और फिर तेज कदमों से घर की तरफ बढ़ने लगे, और इस बीच सोनू अपने पैर में हो रहे दर्द के बारे में बताना भूल गया।

वे सभी सूरज के डूबने से पहले अपने घरों में थे।

घर में खाना बनने की महक आ रही थी और उन्हें भूख भी बहुत जोरों की लगी थी।

'गोभी की सब्जी और रोटी,' प्रकाश ने उदास होकर कहा। 'लेकिन, अगले ही पल बोल उठा, आज तो मैं कुछ भी खाने को तैयार हूँ।' वह अपने छोटे से घर के बाहर रुका जिसकी छत खपरेल से बनी हुई थी, और बीना और सोनू ने हाथ हिलाकर उसे अलविदा कहा, फिर जोते गए खेतों से होकर उस वक़्त तक चलते रहे जब तक कि वे अपने छोटे से पत्थर के बने घर तक नहीं पहुँच गए।

सामने के दरवाजे के ठीक बाहर सूंघते हुए सोनू ने कहा, 'टमाटर का भरवां।'

'और नींबू का अचार,' बीना ने जोड़ते हुए कहा। यह वही आचार था जिसके लिए बीना ने एक महीने पहले ही नींबू को काटने, धूप दिखाने और नमक डालने में मदद की थी।

उनकी माँ चूल्हे को जला रही थी। वे अपनी माँ से बड़े प्यार से गले लगे और उनका स्वागत किया। साथ ही तुरन्त वे खाना मांगने लगे। उनकी माँ काफी अच्छी रसोइया थी जो साधारण खाने को भी स्वादिष्ट बना देती थीं। उनकी एक मनपसंद कथनी थी जो वह अक्सर कहा करतीं थीं, 'घर के बने पाये दिल्ली के चिकन सूप से बेहतर कही ज्यादा उम्दा होते हैं,' और बीना और सोनू को उनकी इस बात से सहमत होना पड़ता था।

अभी बिजली गाँव में नहीं पहुंची थी, और इसलिए उन्होंने अपना खाना दीये की रोशनी में ही खाया। खाना खाने के बाद सोनू स्कूल से मिले गृहकार्य को करने लगा, जबकि बीना टिमटिमाते तारों को निहारने के लिए बाहर चली गयी।

खेत के पार कोई बांसुरी बजा रहा था। बीना ने सोचा कि शायद

वह प्रकाश होगा। अक्सर उसका वादन बुलंद आवाज पर बिखर जाता था। लेकिन अभी बांसुरी का संगीत सरल और मोहने वाला था, और बीना अँधेरे में उस संगीत में खो कर गीत गुनगुनाने लगी।

4

श्रीमान मणि साही से परेशान थे। वे रात में उनके बगीचे में आ जाते थे, और आलू को खोद देते थे और खा जाते थे। अब जबकि अप्रैल का सुहावना मौसम आ गया था, इसके चलते उनकी बेडरूम की खिड़कियाँ खुल रहती, जिससे वह उन साही को सब्जियों से मौज लेते हुए सुना करते थे, जिनको उन्होंने उगाने में कड़ी मेहनत की थी। वे साही कतर-कतर करके सबसे बड़े और रसदार आलूओं को अपने तेज दांतों से कुतरते थे। श्री मणि को ऐसा लगता था मानो वे उनके ही शरीर को काट रहे हों। और फिर जब साही उन स्वस्थ, पत्तों से भरे पौधों की जड़ों को उखाड़ने में मशगूल होते थे, तो श्रीमान मणि इस सब को देखकर गुस्से से पागल होकर कांपने लगते थे। और बोल उठते, 'किसी भी चीज की हद होती है!'

जी हाँ, श्रीमान मणि को साहीयों से नफरत थी। उन्होंने उनके विनाश, और पृथ्वी से लुप्त हो जाने के लिए प्रार्थना की। लेकिन, तुरन्त उनके दोस्तों ने उन्हें बताया, 'भगवन ने साहीं की रक्षा भी की', और वैसे भी इस प्राणी को कभी देख भी नहीं सकते या फिर पकड़ नहीं सकते, क्योंकि ये जानवर पूरी तरह से रात्रिचर होता है।

श्रीमान मणि अपने एक हाथ में टॉर्च और दूसरे में मोटी छड़ी लेकर हर रोज रात बिस्तर से उठते थे, लेकिन फिर जैसे ही वह बगीचे में कदम रखते थे, उसी वक़्त खनखनाहट और खुदाई बंद हो जाती थी और इस तरह उनका स्वागत परेशान कर देने वाली खामोशी के साथ होता था। श्रीमान मणि अँधेरे में इधर-उधर टटोलते थे, छड़ी को बुरी तरह घुमाते थे, लेकिन इस सब के बावजूद भी उन्हें कोई साही न तो दिखाई ही देता और न ही सुनाई देता था। लेकिन जैसे ही वह अपने बिस्तर पर वापस जाते, फिर से कतर, कतर की आवाजें आना शुरू हो जाती थी।

श्रीमान मणि थके हुए और बेतरकीब तरीके से कक्षा में प्रवेश करते थे। उनकी आँखों के नीचे घेरे और उनके चेहरे पर हमेशा उदास बनी रहने वाली झुंझलाहट मौजूद रहती थी। उनके विद्यार्थियों को उनके दुख का कारण जानने में कुछ वक़्त जरूर लगा, लेकिन जब उन्होंने इसका पता लगा लिया तो उन्हें अपने शिक्षक की इस हालत पर बहुत दुःख हुआ और फिर क्या था वे अपने शिक्षक के आलू को साही से बचाने के लिए तरीकों और उपायों पर चर्चा करने लगे।

प्रकाश वह लड़का था जो खाई या पानी से भरा खड्डा बनाने का विचार लेकर आया था। उसने ज्ञानी बनते हुए कहा, 'साही को पानी पसंद नहीं है।'

एक दोस्त ने पूछा, 'तुम्हें कैसे पता है?'

'किसी एक पर पानी फेंक कर देख लो कि वह कैसे भागता है! उन्हें अपनी कलमों अर्थात क्विल को गीला करना पसंद नहीं है।'

वहां पर ऐसा कोई भी नहीं था जो प्रकाश के इस सिद्धांत को खारिज कर सके, और फिर क्या था कक्षा में खड्डे बनाने के सुझाव को सहमती हासिल हो गयी। यह इसलिए भी था क्योंकि इसका अर्थ था कि दिन के वक़्त खड्डे को बनाने के लिये ज्यादा वक़्त स्कूल से गोल रहना था।

हेडमास्टर साहब ने स्वीकृति देते हुए कहा, 'मणि जी को खुश करने के लिए यह स्वीकार है।' और फिर क्या था, स्कूल के बाकी बच्चे, कक्षा पांच के बच्चों को गाँव के हर घर से इकट्ठा किये गए कुदाल और फावड़े से लैस होकर जाते हुए ईर्ष्या से देखा करते थे। उन सभी ने श्रीमान मणि के आलू के खेत में अपनी जगह ले ली थी और फिर खड्डे खोदना शुरू कर दिया।

शाम होने तक खड्डे बनकर तैयार हो गए थे, लेकिन खड्डे अभी सूखे हुए थे और साही उस रात फिर से खेत में घुसा और उन सब ने शानदार दावत उड़ाई।

श्रीमान मणि ने नाखुश होकर कहा, 'इस रफ्तार से यदि उन्होंने खाए, तो एक भी आलू खाने के लिए नहीं बचेगा।'

लेकिन अगले दिन प्रकाश और दूसरे लड़के-लड़कियाँ गाँव के पास से बहने वाली एक नदी की पानी की दिशा को मोड़ने में कामयाब हो गए। उन्हें इस बात से संतुष्टि हुई कि पानी आहिस्ता-आहिस्ता उनके द्वारा बनाये गए खड्डों में भरने लगा था। सभी लोग अच्छे मूड के साथ अपने घर चले गये। इधर रात में खड्डे पानी से भर जाने के बाद, आलू के खेत में भरने लगे। इस तरह से श्रीमान मणि ने खुद को अपने घर के अन्दर फंसा हुआ पाया। रात होते-होते खड्डे पानी से भर कर, आलू के खेत में भरने लगा और श्रीमान मणि ने खुद को अपने घर के अंदर फंसा हुआ पाया। लेकिन प्रकाश और उसके दोस्तों की जीत हुई थी। उस रात साहीयों ने अपने आपको खेत से दूरी ही रखा!

इस घटना को घटे एक महीना बीत चूका था, अब पहाड़ी की ढलानों पर जंगली बैंगनी, डेजी और बटरकप जैसे फूल खिलने लग गए थे, बीना ने अपने स्कूल जाते हुए काफी मात्रा में इन फूलों को एक छोटी पोसी बनाने के लिए इकट्ठा किया। फूलों का गुच्छा एक पुराने साही की बोतल में आसानी से फिट हो गया। मिस रमोला अपनी मेज के बीच में इस छोटे से गुलदस्ते को देखकर बहुत खुश हुई।

उन्होंने आश्चर्य से पूछा, 'इसे यहाँ किसने रखा है?'

बीना चुप रही, और कक्षा के बाकी बच्चे भी अपनी हंसी को छिपाकर मुस्कुराते रहे। उसके बाद, फिर वे बारी-बारी से कक्षा के लिए फूल लेकर आने लगे।

स्कूल से घर, घर से स्कूल जाने के इस लम्बे सफर के दौरान बीना को पता चला कि अप्रैल महीना नई पत्तियों को लेकर आता है। ओक वृक्ष के पत्ते ऊपर से चमकीले हरे और नीचे चांदी जैसे दिखाई देते थे, और फिर जब यह पत्ते हवा के झोंको में लहराते थे तो वे हरी चांदनी के बादल जैसे दिखाई पड़ते थे। रास्ते में पुरानी, सूखी और टूटी पत्तियां बिखरी हुआ करती थी। सोनू को उन्हें लात मारना बहुत पसंद था।

सफेद तितलियों का झुण्ड नदी के उस पार उड़ रहा था। सोनू एक तितली को पकड़ने के लिए उसका पीछा कर रहा था कि तभी वह किसी काली और घिनौनी चीज से टकरा गया। फिर घास पर घिसटता

गया। जब वह अपने पैरो पर खड़ा हुआ, तो उसकी नजर एक छोटे जानवर के अवशेषों पर पड़ी।

'बीना! प्रकाश! जल्दी आओ! उसने चिल्लाकर उन सभी को बुलाया।

यह किसी भेड़ का हिस्सा था, जिसे कुछ दिन पहले किसी बड़े जानवर ने मार दिया था।

प्रकाश बोला, 'यह तो सिर्फ तेंदुआ ही हो सकता है।'

सोनू के कहा, 'चलो फिर यहाँ से तुरन्त निकल लेते हैं।' 'वह अभी भी आस-पास ही कहीं होगा!'

'नहीं, अब इसमें कुछ भी खाने के लिए नहीं बचा है। अब तक तो तेंदुआ कहीं और शिकार कर रहा होगा। शायद वह किसी और घाटी में चला गया होगा।'

सोनू ने कहा, 'मुझे तो अभी भी डर लग रहा है।' 'यहाँ और भी तेंदुए हो सकते हैं!'

बीना ने उसका हाथ पकड़ लिया, और बोली, 'तेंदुए इंसान पर हमला नहीं करते हैं!'

प्रकाश ने जोर देकर कहा, 'वे इन्सान पर भी हमला कर सकते हैं, यदि उनके मुंह मनुष्य के खून का स्वाद लग गया तो!'

बीना बोली, 'लेकिन इसने अभी तक किसी इन्सान पर हमला नहीं किया है, हालाँकि उसे खुद की बात पर पूरी तरह यकीन नहीं था। क्या ऐसी अफवाह नहीं थी कि तेंदुए ने बांध के पास काम कर रहे कुछ श्रमिकों पर हमला नहीं किया था? लेकिन वह नहीं चाहती थी कि सोनू यह सुनकर डरे, इसलिए उसने इस कहानी का जिक्र नहीं किया। उसने बस इतना ही कहा, 'यह शायद बांध के पास हो रही गतिविधियों के कारण यहां आया है।'

जो भी हो, वे जल्दी-जल्दी घर की ओर बढ़ने लगे। और अगले कुछ दिनों तक, जब भी वे नदी के पास पहुँचते, वे तेजी से नदी को पार करके वहां से निकल जाते थे। वे उस खूबसूरत जगह पर ज्यादा वक़्त तक रुकने के लिए तैयार नहीं थे।

5

कुछ दिनों के उपरांत स्कूल के बच्चे उस नए बांध को देखने, जो बन रहा था, टिहरी जा रहे थे।

मिस रमोला ने अपनी क्लास को ले जाने की व्यवस्था की थी, और श्रीमान मणि भी इस अवसर को छोड़ना नहीं चाहते थे, उन्होंने भी क्लास को ले जाने के लिए जोर दिया। इसका मतलब था कि तकरीबन पचास की संख्या में लड़के और लड़कियां इस यात्रा में भाग लेने वाले थे। लेकिन बस की क्षमता तीस बच्चों को ले जाने की थी! एक मिलनसार ट्रक ड्राईवर कुछ बच्चों को ले जाने के लिए इस शर्त पर राजी हो गया कि उन्हें आलू के बोरों पर बैठना पड़ेगा। और प्रकाश ने डीजल रोलर के मालिक पर दबाव बनाकर उसे वापस टिहरी चलने के लिए मना लिया, इस रोलर पर वह और उसके कुछ दोस्त ड्राईवर के पास की सीट पर बैठ गए थे।

प्रकाश और उसके साथियों का छोटा सा समूह सूर्योदय होने के साथ ही चल पड़ा, क्योंकि उन्हें कुछ दूर पैदल ही चलकर फंसे हुए रोलर तक पहुंचना था। बस सुबह 9 बजे मिस रमोला और उनकी क्लास के विद्यार्थियों, और श्रीमान मणि और उनके कुछ विद्यार्थियों के साथ रवाना हुई। ट्रक को बाद में वहां से चलना था।

बीना पहली बार किसी बड़े शहर जा रही थी और पहली बार बस में यात्रा भी कर रही थी।

घुमावदार, और ढलानदार सड़क के साथ तीखे मोड़ों के कारण कई बच्चों की तबीयत खराब होने लगी थी। ऐसा लग रहा था कि बस का ड्राईवर बहुत जल्दी में था। वह उन बच्चों को लुढ़काते, तूफानी रफ्तार में ले जा रहा था, जिससे बीना को चक्कर आने लगा था। उसने अपना सिर अपने हाथों पर रख लिया और खिड़की से बाहर देखने से मना करने लगी। उसके सामने से तीखे मोड़, खड़ी चट्टानें, देवदार के जंगल तथा बर्फ से ढकी चोटियाँ एक के बाद एक गुजरते रहे, लेकिन वह अपने आप को बहुत बीमार महसूस कर रही थी और इसलिए वह

गुजरने वाली इन किसी भी चीज को देखना नहीं चाहती थी। यह कुछ इस तरह से डरावना लग रहा था जैसे कि अचानक कोई बूंद सैकड़ों फीट का फासला तय करके घाटी में धड़ाम से गिर पड़ी हो। बीना को ऐसा लगने लगा कि काश वह न आती - या काश, फिर वह प्रकाश के साथ रोड रोलर पर बैठ गई होती!

शायद मिस रमोला और श्रीमान मणि ने पुरानी बस के झटके और चरमराहट पर ज्यादा गौर नहीं किया। उन्होंने इस तरह की बस यात्रा कई बार की थी। वे बड़े बांधो के नफा और नुकसान के बारे में बहस करने में व्यस्त थे- यह एक ऐसी बहस थी जो दिन भर रुक-रुक कर कभी हिंदी में, कभी अंग्रेजी, तो कभी स्थानीय भाषा में चलती रही।

इसी दौरान, प्रकाश और उसके दोस्त रोलर के पास पहुँच गए थे। अभी ड्राईवर नहीं पहुंचा था, लेकिन फिर भी वे उसे मोड़ कर टिहरी की दिशा में खड़ा करने में कामयाब हो गए। जल्दी ही, बस और ट्रक ने उनको पछाड़ दिया, लेकिन इसके बावजूद भी वह अपनी स्थिर गति से चलता रहा। प्रकाश ने बीना को बस में खिड़की के पास बैठा देखा और खुशी से उसकी तरफ हाथ हिलाया। पर बीना ने बिना कोई उत्साह दिखाए हुए जवाब दिया।

टिहरी के पास जब सड़क समतल हो गयी तो बीना ने बेहतर महसूस किया। जैसे ही वे चौड़ी नदी पर बने पुराने पुल को पार कर रहे थे, तभी एक जोरदार धमाके से वे चौंक गए जिस के कारण बस में कंपन पैदा हुई। उन्होंने देखा कि शहर के ऊपर धूल का गुबार उठ रहा था।

मिस रमोला ने बताया, 'वे पहाड़ों को बारूद से तोड़ रहे हैं।'

श्रीमान मणि ने शोक व्यक्त करते हुए कहा, 'एक पहाड़ का अंत।'

जब वे बस स्टॉप पर रुककर आलू के ट्रक और रोलर का इंतजार करते हुए चाय पी रहे थे, उस वक्त भी मिस रमोला और श्री मणि के बीच बांध को लेकर बहस जारी थी। मिस रमोला ने कहा कि यह आसपास के क्षेत्र सहित देश के बड़े क्षेत्रों में सिंचाई के लिए पानी के साथ बिजली भी उपलब्ध कराएगी। जबकि श्रीमान मणि ने घोषणा कर दी कि इससे खतरा पैदा होगा क्योंकि यह बांध भूकंप क्षेत्र में स्थित

था। यदि बांध फट जायेगा तो भयानक तबाही मच जाएगी! बीना को यह बातें अजीब सी और समझ से परे लगी। उसने सोचा कि यदि ऐसा होगा तो फिर क्षेत्र में रह रहे जानवरों का क्या होगा?

बहस काफी गरमाती जा रही थी, लेकिन तभी आलू का ट्रक वहां आ पहुंचा। लेकिन अभी भी रोलर दूर-दूर तक दिखाई नहीं दे रहा था, इसलिए यह तय हुआ कि श्रीमान मणि, प्रकाश और उसके दोस्तों का इंतजार करेंगे जबकि मिस रमोला और बस में बैठे सभी बच्चे टिहरी की तरफ बढ़ेंगे।

टिहरी पहुँचने से आठ या नौ मील पहले ही रोलर खराब हो गया, और इसी कारण से प्रकाश और उसके दोस्तों को पैदल चलकर आना पड़ा। अभी वे ज्यादा दूर नहीं चले होंगे कि उन्हें खच्चर गाड़ी मिल गयी। कुल पांच या छः खच्चर रहे होंगे जो नौटी में अनाज छोड़कर वापस आ रहे थे। आगे के खच्चर पर एक बालक सवारी कर रहा था, लेकिन बाकी सभी खाली थे।

प्रकाश ने पूछा, 'क्या तुम हमको टिहरी तक छोड़ सकते हो?'

लड़के ने कहा, 'आओ सवार हो जाओ।'

उन खच्चरों पर कोई काठियाँ नहीं थीं, उन पर केवल रस्सी से बाँधी गयी बोरियां थी। हालाँकि उनकी यह यात्रा टिहरी स्टॉप तक काफी कठिन साथ ही आनंददायक भी थी। उनमें से किसी ने भी कभी खच्चरों की सवारी नहीं की थी; लेकिन इस पर यात्रा करने से उन्होंने कम से कम अपना एक घंटा बचा लिया था।

पहुँचते ही वे सभी बस स्टॉप पर अपने साथियों को खोजने लगे, पर उन्हें अपने स्कूल का कोई भी साथी नहीं मिला। और जहाँ तक श्रीमान मणि का सवाल था, जिनको कि प्रकाश और उसके दोस्तों का इंतजार करना था, वे वहां से नदारद हो चुके थे।

6

तानिया रमोला और उनके समूह ने खड़ी चढ़ाई चढते हुए पहाड़ी पर पहुँच गया जो कि टिहरी के ऊपर थी। आधे घंटे तक चढ़ने के बाद

वे एक पठार नुमा जगह पर पहुंचे, जहाँ से शहर, नदी और बांध को देखा जा सकता था।

इस दौरान हाल ही में, बांध के लिए मिट्टी को खोदने का काम शुरू ही हुआ था, लेकिन पहाड़ों को खोद कर नदी के पानी को दूसरी दिशा में मोड़ने के लिए चौड़ी सुरंग को खोद दिया गया था। वहां से देखने पर पता चलता था कि अभी भी नीचे पुराना शहर घाटी में फैला हुआ था, और दूर से देखने में वह काफी आकर्षक और मन मोह लेने वाला लगता था।

बीना ने जानना चाहा, 'क्या यह पूरा शहर बांध के पानी में डूब जायेगा?'

मिस रमोला ने जवाब में कहा, 'हाँ, पूरा का पूरा डूब जायेगा।' 'घंटा घर और पुराना किला भी। लम्बा बाजार, मंदिर, सभी स्कूल, जेल और सैकड़ों घर जो यहाँ हैं वह भी डूब जायेंगे। इसके साथ ही सैकड़ों मीलों तक यह घाटी भी पानी में समां जाएगी। यहाँ पर रह रहे हजारों की संख्या में लोगों को इस जगह से जाना होगा! जी हाँ, इन सभी को कहीं और बसाया जायेगा।'

बीना ने कहा, 'लेकिन यह शहर तो सैकड़ों वर्षों से यहीं पर था।' 'क्या यह सच नहीं है कि ये लोग बांध के बगैर ही बहुत खुश थे?'

'मुझे लगता है कि वे खुश थे। लेकिन यह बांध महज उनके लिए ही नहीं है, बल्कि उन लाखों-लाख लोगों के लिए भी है जो नीचे की ओर समतल मैदानी क्षेत्र में रहते है।'

'और इसका कोई मतलब नहीं कि इस जगह का क्या हो जायेगा?"

'स्थानीय लोगों को कहीं और, नये मकान दे दिये जायेंगे।' मिस रमोला अपने आपको को बचाने की स्थित महसूस करने लगी थीं, और इसलिए उन्होंने मुद्दे को ही बदलने का निर्णय ले लिया। 'सभी लोगों को भूख लगी होगी, भोजन का वक्त हो गया है।'

बीना खामोश रही। उसे नहीं लगता था कि स्थानीय लोग यहाँ से कहीं और जाना चाहेंगे। और उसने सोचा कि यह तो अच्छा है कि उसके गाँव में कोई बड़ी नदी नहीं बल्कि एक छोटी धारा ही

बहती थी। वाकई इस तरह से, किसी एक शहर और सैकड़ों गाँव को निस्तेनाबूद करके गर्म और धूल भरे मैदानों में बसा देना, बीना के लिए इसे स्वीकारना असहनीय था।

वह बोली, 'यह अच्छा है कि मैं टिहरी में नहीं रहती हूँ।

हालाँकि उसे पता नहीं था कि अब तक सभी जानवर और पक्षी उस जगह को छोड़ कर जा चुके थे। तेंदुआ भी उनमें से एक था।

वे रंग-बिरंगे, भीड़-भाड़ वाले उस बाजार से गुजरने लगे, जहाँ पर फल बेचने वाला चांदी के व्यापारी के इर्द-गिर्द बैठकर व्यापार करता था और फूटपाथ पर बैठकर बेचने वाले विक्रेता छतरी से लेकर कांच की चूड़ियाँ तक सब कुछ बेचते थे। गौरैया अनाज की बोरियों पर हमला कर दिया था करती थी, बंदर केले लूट रहे थे, और आवारा गायें और कुत्ते कूड़ेदानों के इधर-उधर घूम रहे थे, लेकिन इन सब की ओर किसी का भी ध्यान नहीं गया। रेडियो से गीत-संगीत जोरों से बज रहा था। बसें जोर-जोर से हॉर्न बजा रही थी। इस शोरगुल को और बढ़ाने के लिए सोनू ने एक सीटी खरीद ली और बजाने लगा, लेकिन मिस रमोला ने उसे सीटी को दूर रहने और बजाने के लिए मना किया। बीना ने अपने पास अलग से दस रूपये रखे हुए थे, जिसका इस्तेमाल उसने अपनी माँ के लिए सिर पर बांधने वाला एक सूती स्कार्फ को खरीदने में किया।

जैसे ही वे खाने के लिए एक छोटे से रेस्तरां में दाखिल होने वाले थे, तभी प्रकाश और उसके साथी भी पहुँच गए; हालाँकि अभी भी श्रीमान मणि का कोई अतापता नहीं था।

'प्रकाश ने कहा, 'वह अपने किसी रिश्तेदार के संपर्क में आ गए होंगे।' उनके रिश्तेदार सभी जगह मौजूद हैं।'

चावल और दाल का सादा भोजन करने के बाद, उन्होंने श्रीमान मणि को ढूंढने के लिए बाजार का एक चक्कर लगाया, पर वह कहीं दिखाई नहीं दिए।

आखिरकार, जब वे उनकी तलाश को छोड़ने वाले ही थे, कि तभी अचानक उन्हें श्रीमान मणि एक गली से कंधे पर एक बड़ा सा बोरा लटकाए हुए आते दिखाई पड़े।

प्रकाश ने उनसे पूछा, 'सर, आप कहाँ रह गए थे?' 'हम आपको हर जगह और हर तरफ ढूंढ रहे थे।'

अचानक उन्हें देखकर, श्रीमान मणि के चेहरे पर विजय होने का भाव आ गया।

उन्होंने हांफते हुए कहा, 'इस बोरे को ले चलने में मेरी मदद करो।'

प्रकाश बोला, 'सर, आपने बहुत ज्यादा आलू खरीद लिए हैं।'

जवाब में श्रीमान मणि बोले, 'बेटा, यह आलू नहीं है बल्कि डहलिया का बल्ब हैं!'

7

जब वे वापस नौटी पहुंचे तब तक शाम ढल चुकी थी। श्रीमान मणि अपने डहलिया के बल्ब के बोरे से अलग होने के लिए तैयार ही नहीं थे, और इस लिए उन्हें प्रकाश और बहुत से लड़कों के साथ ट्रक के पीछे बैठ के आना पड़ा था।

वापस आते वक़्त बीना अपने आपको ज्यादा बीमार नहीं महसूस कर रही थी। पहाड़ की ओर जाना निश्चित रूप से नीचे की ओर जाने से बेहतर था! लेकिन जब बस नौटी पहुंची तो बहुत से बच्चे जो दूर-दराज के गांवों में रहते थे, उनके लिए घर जाने के लिए बहुत देर हो चुकी थी। उस रात लड़के अलग-अलग घरों में रुके, जबकि लड़कियों के लिए स्कूल के बरामदे में बिस्तर लगाया गया।

रात गर्म और शांत थी। बरामदे को रोशन करने वाले इकलौते बल्ब के चारों ओर बड़े-बड़े पतंगे उड़ रहे थे। पतंगों को गिनते-गिनते जल्द ही सोनू को नींद आ गई। लेकिन बीना कुछ देर तक और जगती रही तथा रात में आती हुई आवाजों को सुनती रही। एक नाईजार (निशाचरित भूरी चिड़ियाँ) टोंक-टोंक करते हुए झाड़ियों में घुस गयी थी, और जंगल में कहीं दूर एक उल्लू धीरे-धीरे हूटिंग कर रहा था। हिरन की एक तीखी और तेज आवाज नदी की ओर से घाटी की तरफ आ रही थी। सियार चिल्लाने में लगे हुए थे। ऐसा लग रहा था कि उनकी संख्या पहले से कहीं अधिक हो गयी थी।

हिरन के भौंकने की आवाज को सुनने वालों में सिर्फ बीना ही नहीं थी। तेंदुआ जो चट्टान पर पूरी लम्बाई में अपने आपको फैलाया हुआ था, उसने भी यह आवाज सुनी। फिर तेंदुए ने अपना सिर उठाया और धीरे से उठ गया। हिरन तेंदुए का स्वाभाविक शिकार था। लेकिन अब वहां वे बहुत नहीं बचे थे क्योंकि बांध के किनारे के जंगलों को बांध ने अपने अंदर समां लिया था, और यही कारण था कि तेंदुए ने गाँवों के पास रहने वाले कुत्तों और मवेशियों पर हमला करना शुरू कर दिया था।

जैसे ही भौंकने वाले हिरन की चीख और करीब सुनाई देने लगी, तेंदुआ तेजी से अँधेरे के बीच नदी की तरफ जहाँ हिरन मौजूद था बढ़ने लगा।

8

जून के महीने के शुरुआती दिन थे और पहाड़ सूखे और धूल से भर चुके थे, और जंगल में आग लग चुकी थी, जिससे वहां पर फैली झाड़ियों और पेड़ों में आग लगने लगी थी, उस आग में पक्षी और जानवर जलकर मर रहे थे। देवदार में राल के कारण ये पेड़ और भी ज्यादा धूं-धूं करके तेजी से जल रहे थे, और हवा के झोंके पेड़ों से चिंगारी को लेकर सूखी घास और पतियों में ले जा रहे थे, ताकि पुरानी आग के बुझने से पहले ही नयी भड़क उठे। सौभाग्य से, बीना का गाँव देवदार के इलाके में नहीं आता था; जिस कारण से यह आग उसके गाँव तक नहीं पहुँचती थी। लेकिन नौटी तीन दिनों तक इस लगी आग की चपेट से घिरा रहा और इस कारण से बच्चों को स्कूल से दूर रहना पड़ा था।

और फिर, जून के अंत में मानसूनी वर्षा शुरू हो गयी, जिसके चलते जंगल में लगी आग का अंत हो गया। मानसून तीन महीने तक रहता था और इस दौरान हिमालय का निचला हिस्सा आने वाले तीन महीनों के दौरान बारिश, धुंध और बादलों के सरोवर में डूब जाने वाला था।

जून महीने की पहली बारिश उस वक़्त हुई जब बीना, सोनू और प्रकाश स्कूल से घर लौट रहे थे। उस धूल भरे रास्ते पर पड़ी बारिश

की कुछ बूंदों ने उन्हें उत्साह में चिल्लाने पर मजबूर कर दिया। और फिर बारिश तेज हो गयी और धरती से अद्‌भुत खुशबु उठने लगी।

बीना ने कहा, 'दुनिया की सबसे अच्छी खुशबु!'

ऐसा लगा मानो घास, पक्षी, पेड़, फसल सभी चीजों में अचानक नया जीवन आ गया हो। यहाँ तक कि पेड़ों के पत्ते भी चमक के साथ नये लगने लगे थे।

बारिश के उस पहले हफ्ते में, बीना और सोनू ने फलिया, मक्का, और खीरे लगाने में अपनी माँ की मदद की। जब कभी भी बारिश तेज हो जाती थी तो उन्हें बारिश से बचने के लिए घर के भीतर भागना पड़ता था। यदि वे बारिश में काम करते थे, तो उनके नंगे पैरो पर नर्म मिट्टी चिपकी रहती थी।

प्रकाश के पास अब एक काला कुत्ता था जिसका एक कान उठा हुआ और दूसरा लटका हुआ था। उसका कुत्ता सभी लोगों के रास्ते में आ जाता था। वह गाय, बकरियों, मुर्गियों और इंसानों पर भौंकता रहता था, हालाँकि उसके भौंकने से इनमे से कोई भी नहीं घबराया या डरता था। प्रकाश उसके बारे में बताता कि वह बहुत चतुर कुत्ता था, लेकिन उसकी इस बात पर किसी को यकीन नहीं होता था। प्रकाश यह भी कहता था कि यह तेंदुए से गाँव को बचाएगा, लेकिन दूसरे लोग कहते कि तेंदुआ सबसे पहले इस कुत्ते को ही ले जायेगा, अर्थात यह कुत्ता बिना कोई वक्त लगाये मिस्टर स्पॉट के जबड़े में सीधा चला जायेगा!

नौटी में, मिस रमोला अपने कमरे में एक ऐसा स्थान ढूंढ रही थीं जहाँ कि गीलापन न हो। यह एक पुरानी ईमारत थी और जगह-जगह से पानी चू रहा था। चूतें हुए पानी को इकट्ठा करने के लिए यहाँ-वहां फर्श पर मग, और बाल्टी बिखरी हुई थी।

श्रीमान मणि ने अपने सभी आलूओं को खोद कर निकाल लिया था और उसे उन्होंने उन दोस्तों और पड़ोसियों में बाँट दिया था जो उन्हें खाना खिला दिया करते थे। वह बगीचे में सभी जगह पर डहलिया बल्ब लगाकर अपने जीवन को रमणीय बना रहे थे।

उन्होंने घोषणा करते हुए कहा, 'मेरे खेत में नाना प्रकार के रंगबिरंगे

डहलिया खिलेंगे! 'बस अगस्त के अंत तक का इंतजार करो!'

उनकी बहन ने चेतावनी भरे लहजे में कहा, 'साही से सावधान रहना।' 'वे डहलिया के बल्ब भी खाते हैं।'

श्रीमान मणि ने खड्डों का निरीक्षण किया, जिसे वह बाढ़ के दौरान नहीं कर पाए थे, और पाया कि सब कुछ ठीक-ठाक अपनी जगह पर है। प्रकाश ने अपना काम बखूबी के साथ किया था।

अब जब बच्चों ने नदी के धारे को पार किया, तो पाया कि धारे का पानी लगभग एक फीट बढ़ गया था। आस-पास के छोटे-छोटे झरने फूट पड़े थे और धारे के पानी में तब्दील हो गए थे। किनारों पर फर्न (सुंदर बारीक पत्तियों वाला एक पौधा) उग चुके थे। मेंढक टर्र-टर्र कर रहे थे।

प्रकाश और उसके कुत्ते ने धारे को तेजी से पार किया। बीना और सोनू ने सावधानी के साथ पानी की धारा को पार किया। पानी का प्रवाह अब काफी तेज था, और लगभग उनके घुटनों तक आ रहा था। फिर जब एक बार वे नदी को पार कर चुके थे, तो वे तीनों रास्ते पर इस सोच के साथ तेजी से आगे बढ़ने लगे, कि कहीं अचानक भारी बारिश में वे न फंस जायें।

जब तक वे स्कूल पहुँचते, उन सभी के पैरो में दो या तीन जोकें चिपक चुकी थी। उन जोंकों को हटाने के लिए उन्हें नमक का इस्तेमाल करना पड़ा। बरसात के मौसम में जोंक सबसे ज्यादा परेशान करती थी। यहाँ तक कि तेंदुए को भी जोंके पसंद नहीं आती थी। तेंदुआ जब भी लम्बी घास पर लेटता था तो उसके पंजों और चेहरे पर जोंक चिपक जाती थी।

एक दिन जब बीना, प्रकाश और सोनू नदी को पार करने वाले ही थे तो उन्हें धीमी गड़गड़ाहट सुनाई दी, जो पल-पल बढ़ती ही जा रही थी। दूसरी ओर मौजूद पहाड़ी को देखने पर, उन्होंने देखा कि कई पेड़ कांप रहे थे, बाहर की ओर झुक रहे थे और गिर रहे थे। मिट्टी और चट्टानें/पत्थर पहाड़ से निकलकर, नाले में जाकर समां रहे थे।

सोनू ने चिल्लाकर बोला, 'भू स्खलन!'

बीना ने कहा, 'इसने हमारे रास्ते को खत्म कर दिया, अब और आगे मत बढ़ो।'

एक बार फिर से भयानक गर्जन उस वक़्त हुई जब चट्टानें, पेड़, और झाड़ियाँ पहाड़ी से निकलकर दूर नीचे जा गिरी।

प्रकाश का कुत्ता जो आगे चला गया था, अपनी दुम दबाये दौड़कर वापस आ गया।

इसके बाद वे तीनों तब तक अपनी जगह से नहीं हिले जब तक कि चट्टानें गिरना बंद नहीं हों गयी। पक्षी बेतहाशा चिल्लाते हुए उस जगह पर चक्कर लगाने लगे। एक डरा और सहमा हुआ हिरन चिल्लाता हुआ उनके पास से भागता हुआ गुजरा।

9

इस घटना के बाद, वे अगले तीन दिनों तक स्कूल नहीं जा पाए, और बीना को यह डर सताने लगा कि शायद वह वार्षिक परीक्षा न दे पाए। हालाँकि प्रकाश को इससे कोई फर्क नहीं पड़ता था। मगर उसको अपने आपको बेचारा दिखाना पसंद नहीं था कि उनका रास्ता बह गया था। इसलिए उसने पहाड़ पर अपनी खोज को उस वक़्त तक जारी रखा जब तक कि उसने पहाड़ के बीच से गुजरता हुआ एक दूसरा रास्ता ढूंढ नहीं निकाला। आखिरकार वह इसमें सफल हुआ, जब उसे एक रास्ता मिल गया जहाँ से बकरियां जाया करती थीं। यह रास्ता, नौटी के पास एक दूसरे रास्ते से जुड़ जाता था। हालाँकि यह रास्ता पहले वाले से एक मील लम्बा था, पर बीना को इससे कोई आपत्ति नहीं थी। मूसलाधार बारिश के चलते ठंडक भी काफी बढ़ गयी थी।

इस नए रास्ते की एक ही दिक्कत थी कि यह तेंदुए की मांद के करीब से गुजरता था। बांध क्षेत्र छोड़ने के लिए मजबूर होने के बाद से तेंदुए ने इस क्षेत्र को अपने कब्जे में ले लिया था।

एक दिन प्रकाश का कुत्ता जोर-जोर से भौंकते हुए उनसे आगे निकल गया। फिर वह भीगी बिल्ली की तरह रुआंसी सूरत बनाकर वापस भाग आया।

सोनू ने कहा, 'वह हमेशा किसी न किसी चीज के पीछे भागता ही रहता है।' लेकिन पल भर के बाद ही वह कुत्ते के का कारण समझ गया था।

जैसे ही उन तीनों ने एक मोड़ को पार किया, तो सोनू की नजर सामने तेंदुए पर पड़ी, जो कि उनके रास्ते में खड़ा था। वे बेसुध हो गए थे, कि उन्होंने अपने आपको भागने में बिलकुल असमर्थ पाया। यह एक ताकतवर, मजबूत जानवर था। उसके गले से एक धीमी गुर्राहट की आवाज निकली। ऐसा लग रहा था कि वह बस हम पर हमला करने को तैयार है।

वे सभी बुत बनकर खड़े हो गए थे, वे हिलने या मुंह से एक शब्द निकालने से भी भयभीत थे। और शायद तेंदुआ भी उन्हें देखकर उतना ही अचंभित था। वह कुछ देर के लिए उन्हें घूरता रहा फिर रास्ते के उस पार बांज के जंगल में चला गया।

सोनू कांप रहा था। बीना अपने दिल की धड़कन को सुन सकती थी। प्रकाश केवल हकला कर कह सका: 'क्या तुमने देखा कि वह कैसे उछला था? क्या वह दिखने में सुंदर नहीं था?'

उस पूरे दिन वह अपनी घड़ी को देखना भूल गया था।

इसके कुछ दिन बाद ही, सोनू वहां रुका, और उसने अगली पहाड़ी पर चट्टान के एक बड़े टुकड़े की ओर इशारा किया।

तेंदुआ उनसे काफी दूर आसमान की ओर मुंह करके खड़ा हुआ था। वह बहुत ताकतवर और तेजस्वी लग रहा था। उसके बगल में दो छोटे शावक खड़े हुए थे।

सोनू ने उत्साह से कहा, 'देखो, उन दोनों को देखो!'

प्रकाश बोला, 'अच्छा, तो यह मादा है, न कि नर।'

बीना ने कहा, 'इसीलिए यह बार-बार शिकार कर रही थी।' 'आखिर उसे अपने शावकों को भी तो खाना खिलाना था।'

वे कुछ मिनटों तक वहीं खड़े होकर तेंदुए और उसके बच्चों को निहारते रहे। इस दौरान तेंदुए के परिवार ने उन तीनों पर बिलकुल भी ध्यान नहीं दिया।

प्रकाश ने बताया कि उसे पता है कि हम यहाँ पर मौजूद थे, लेकिन उसे इसकी कोई परवाह नहीं थी।' वह इस बात से वाकिफ थी कि हम उसे और उसके बच्चों को नुकसान नहीं पहुँचाने वाले थे।'

'हम भी तो शावक हैं!' सोनू ने कहा।

'बीना ने कहा, 'हाँ, और अभी भी हम सभी के लिए बहुत जगह है। यहां तक कि जब बांध बन कर तैयार हो जाएगा तब भी तेंदुओं और इंसानों के लिए जगह रहेगी।'

10

स्कूल की परीक्षा हो चुकीं थी। बारिश भी लगभग अपनी समाप्ति की ओर थी। भू स्खलन भी साफ किया जा चूका था, और बीना प्रकाश और सोनू फिर से उसी पानी के नाले को पार कर रहे थे।

सितम्बर का अंत होने के कारण हवा में ठंडक महसूस हो रही थी।

प्रकाश अब बांसुरी बहुत अच्छा बजाने लग गया था, और स्कूल आते और घर वापस जाते हुए बांसुरी बजाया करता था। इसलिए अब उसकी नजर अपनी घड़ी पर नहीं पड़ती थी।

एक दिन उनको श्रीमान मणि के घर के आगे कुछ लोगों का समूह खड़ा दिखाई पड़ा।

बीना को आश्चर्य हुआ, 'क्या हुआ होगा?' 'मैं उम्मीद करती हूँ कि वह कहीं फिर से तो गायब नहीं हो गए।'

सोनू ने कहा, 'शायद वह बीमार हों।'

प्रकाश ने कहा, 'हो सकता कि वहां साही हो।'

लेकिन ऐसा कुछ भी नहीं था।'

असल में, श्रीमान मणि के द्वारा अपने खेत में लगाया गया पहला डहलिया खिल गया था, और उस खिले हुए डहलियों को देखने आधा गाँव उनके घर के आगे उमड़ कर आ गया था! यह एक बहुत बड़ा लाल रंग का डबल डाहलिया था, यह इतना भारी था कि इसे लाठी से सहारा देना पड़ा था। इतने शानदार फूल को इससे पहले कभी किसी ने नहीं देखा था!

श्रीमान मणि बहुत खुश थे। और आने वाले सप्ताह में उनका मूड और बेहतर होने लगा था। इसके पीछे मुख्य कारण था कि श्रीमान के पास लाल, पीले, बैंगनी, सफेद रंग के बटन, पोम्पोम, चितिधारी, धारीदार डहलिया के फूल खूब खिलने लगे थे। एक डहलिया तानिया रोमोला की मेज पर भी सजा कर रखा गया था। अब श्रीमान मणि का मिस रमोला के साथ रिश्ता मिलनसार हो गया था। और दूसरा हेडमास्टर के कमरे को भी रोशन कर रहा था।

इस घटना के एक हफ्ते बाद, जो कि स्कूल के सत्र का लगभग आखिरी दिन था, बीना, प्रकाश और सोनू अपने घर वापस जाते हुए बड़े होने के बाद वे क्या करेंगे इस पर आपस में बातें कर रहे थे।

बीना ने कहा, 'मैं सोचती हूँ कि मैं टीचर बनूँगी।' 'मैं बच्चों को जानवरों और पक्षियों, और पेड़ और फूलों के बारे में पढ़ाउंगी।'

प्रकाश ने सहमती में कहा, 'हाँ, गणित पढ़ने से तो बेहतर ही है!'

सोनू बोला, 'मैं तो पायलट बनूँगा।' 'मुझे मिस रमोला के भाई की तरह हवाई जहाज उड़ाना है।'

'और प्रकाश तुम क्या करोगे?' बीना ने प्रकाश से जानना चाहा।

प्रकाश बस मुस्कुराया और बोला, 'शायद मैं भविष्य में बांसुरी वादक बन सकता हूँ,' और फिर उसने बांसुरी को अपने होंठों से लगा लिया और मधुर वादन करने लगा।

'बीना ने कहा, 'बेशक, दुनिया को बांसुरी वादक की भी जरूरत है, यह कहते हुए वह उसके बगल में चलने लगी।

मादा तेंदुआ एक भौंकते हुए हिरन का पीछा कर रही था। जब उसने बांसुरी और बच्चों की आवाज सुनी तो वह रुक गयी। उसके बच्चे तेजी से बड़े हो रहे थे; लेकिन उस लड़की और दोनों लड़कों की उम्र कोई ज्यादा नहीं लग रही थी।

इस दौरान उन तीनों ने अपना पसंदीदा गाना फिर से गाना शुरू कर दिया था:

पांच कोस और दूर जाना है!
हम बारिश और बर्फ से गुजरते जाते हैं।

नदी को पार करना है...

पहाड़ को पार करना है...

अब हमें चार कोस की दूरी को और तय करना है!

भौंकते हुए हिरण को फिर से तलाशने से पहले, तेंदुए ने उन तीनों बच्चों के गुजरने का इंतजार किया।

कोकी भी क्रिकेट खेलती है

कोकी ने पूछा, 'क्या शनिवार को क्रिकेट मैच खेला जाना है?' रणजी ने कहा, 'बिलकुल, हम पब्लिक स्कूल की टीम के साथ मैच खेल रहे हैं।'

कोकी बोली, 'मैं मैच देखने आ सकती हूँ।'

'जैसा तुम्हे लगे। वैसे हम उसे आसानी से हरा देंगे।'

स्कूल की टीम से, रणजी की खुद की टीम काफी अलग थी। इस टीम में बड़े और छोटे, लम्बे और छोटे कद, और जीवन के सभी आयाम के लड़के थे। कोकी जो कि एक लड़की थी उसे भी मानद सदस्यता की अनुमति दी गयी थी, और कभी-कभी वह टीम की 'बारहवां सदस्य' बन जाती थी; अर्थात अतिरिक्त खिलाड़ी। उसे क्रिकेट के बारे में अच्छी खासी जानकारी थी, और जब भी रणजी को बेटिंग अभ्यास की जरूरत होती तो वह उसे सुबह के वक़्त गेंदबाजी करती थी। ऐसे कुछ ही टीम के खिलाड़ी थे जो प्राइवेट स्कूल का खर्च उठा कर पढ़ सकते थे; उसमें ज्यादातर स्थानीय सरकारी स्कूल में ही जाते थे, और कम से कम दो या तीन लड़कों ने तो स्कूल जाना बिलकुल बंद कर दिया था।

उस टीम में, भरतु नामक लड़का था जो सुबह अखबार बेचने का काम किया करता था; फिर मुकेश और राकेश थे जो आपस में भाई थे उनके पिता की एक मिठाई की दुकान थी, आमिर अली नाम का एक दूसरा लड़का था जिस के पिता दर्जी थे। टीम का सदस्य बील्ली जोंस नामक एंग्लो-इंडियन लड़का भी था, फिर एक लम्बा खिलाड़ी भी था जिसका नाम लुम्बू था, सीतराम, धोबी का लड़का था, और इनके अलावा कई और भी रणजी की टीम सदस्य थे। और हाँ, भीम भी था, जो कि बिलकुल भी खेल नहीं पता था, लेकिन वह एक बेहतर

अंपायर था (खासतौर जब उसके चश्मे के लेंस पर भांप नहीं जमा होती थी) और इसके अलावा जहाँ भी टीम जाती, वह उसके साथ जाता था।

इस शनिवार को वे घरेलु मैदान पर खेलने वाले थे, यह मैदान अप्सरा नामक एक सिनेमा घर के पीछे की पड़ी फालतू जमीन पर स्थित था।

पब्लिक स्कूल के लड़के सबसे पहले पहुँच गए थे, और यह स्वाभाविक भी था क्योंकि वे सभी एक हॉस्टल में रहते थे। रणजी की टीम के सदस्यों को अलग-अलग दिशाओं से आना था, इसलिए स्वाभाविक रूप से वहां पहुँचने में कुछ अधिक वक्त लिया। इसके बावजूद भी, टीम के दो सदस्य नहीं पहुँच सके। लेकिन रणजी ने टॉस जीतकर बल्लेबाजी करने का फैसला इस उम्मीद में किया, कि बाकी बचे खिलाड़ी भी जल्द ही पहुँच कर खेल में शामिल हो जायेंगे।

'रणजी ने सख्त लहजे में कहा, 'अगर मुकेश और राकेश वक्त पर नहीं पहुंचे, तो हम उन्हें टीम में नहीं रखेंगे।'

लुम्बू ने कहा, 'उन्हें टीम से बाहर मत खदेड़ो।' 'वे दोनों अपने पिता की दुकान से हमारे लिए मिठाइयाँ और नाश्ता लाते लेकर आते है। हमें टीम में उनकी जरूरत है चाहे फिर वे रन बनाये या नहीं।'

'रणजी जो हमेशा निष्पक्ष बने रहने के लिए तैयार रहता था, बोला, 'ठीक है, अगर वे नाश्ता लिए बगैर आये तो उन्हें खेल से बर्खास्त कर दिया जाएगा।'

दो अंपायर विकेट को लगने के लिए मैदान में पहुँच गए थे। इस दो अंपायर में से एक भीम था जो रणजी की टीम की तरफ से अंपायर था और दूसरा पब्लिक स्कूल के एक शिक्षक थे।

अमीर अली ने कहा, 'मुझे उस शिक्षक की शक्ल पसंद नहीं है।'

'हमें किसी भी तरह का खतरा नहीं लेना है।'

बील्ली और लुम्बू हमेशा अपनी टीम के लिए बल्लेबाजी का आगाज करते थे। लुम्बू की लम्बाई तेज उठती हुई गेंद को खेलने में मदद करती थी। उसने मैच की पहली गेंद का सामना किया।

पब्लिक स्कूल की शुरुआती गेंदबाजी तेज तो थी पर दिशाहीन थी। यह इसलिए था क्योंकि गेंदबाज बहुत तेज गेंद डालने का प्रयास कर

रहा था। उसकी पहली 'वाइड' घोषित कर दी गयी, और इस तरह रणजी की टीम को पहला रन हासिल हो गया। दूसरी गेंद हालाँकि उतनी ज्यादा दूर नहीं थी लेकिन लेग स्टंप से लगभग एक फीट की दूरी पर थी। लुम्बू ने उस गेंद पर स्वीप करने का प्रयास किया पर चूक गया। तीसरी गेंद पिच के आधे हिस्से पर गिरी और नीची रही। यह गेंद लुम्बू के पैड से टकराई।

तुरन्त गेंदबाज, विकेटकीपर और स्लिप में खड़े खिलाड़ी एक साथ चिल्लाये, 'हॉउस डाएट!'

पब्लिक स्कूल के अंपायर ने बिना किसी हिचक के अपनी ऊँगली ऊपर कर दी। लुम्बू को लेग बीफोर विकेट करार दिया गया। लुम्बू इस निर्णय को सुनकर भौंचक्का होकर खड़ा रह गया। उसने यह देखने के लिए कि उसके पैर उस वक़्त कहाँ थे, और फिर उसने स्टंप्स को देखा। 'मैं विकेट के सामने नहीं हूं, यह बात उसने कहते हुए किसी विशेष व्यक्ति से शिकायत नहीं की।'

विकेटकीपर बोला, 'अंपायर का निर्णय ही अंतिम निर्णय है।'

लुम्बू अहिस्ता-अहिस्ता उस जगह की तरफ जाने लगा जहाँ पर उसके साथी ईटों के ढेर के सामने बैठे हुए थे।

उसने विरोध भरी आवाज में कहा, 'मैं आउट नहीं था।'

रणजी जिसकी मैदान में उतरने की बारी थी ने कहा, 'कोई बात नहीं।' तुम्हे दोबारा अवसर मिलेगा जब तुम गेंदबाजी के लिए उतरोगे।'

रणजी आत्मविश्वास से लबरेज होकर क्रीज की तरफ बढ़ने लगा। उसका बल्ला उसके कंधे पर था। उसने सावधानी के साथ क्रीज पर गार्ड लिया और फिर अपने बल्ले को हलके-हलके जमीन पर पटकते हुए, गेंदबाज का सामना किया। उसे पहली गेंद सीधी, तेज और हाफ वॉली पर मिली, जिसे उसने सीधे गेंदबाज के बगल से मारते हुए सीमा रेखा के बाहर का रास्ता दिखा दिया। रणजी के टीम के साथी खुशी से चीख उठे, 'चौका।'

अगली गेंद ऑफ स्टंप से थोड़ी बाहर एक शोर्ट गेंद थी। रणजी तुरन्त पीछे हटा और उसने स्क्वायर कट मारा जो पॉइंट से निकलकर

दुसरे चौके के लिए सीमा रेखा को पार कर गयी। एक बार फिर से खुशी से भरी जयजयकार की आवाज गूंज उठी। और इस आवाज में, रणजी ने बहुत साफ तौर से किसी लड़की की आवाज भी सुनी जो चिल्लाकर कह रही थी: 'रणजी शानदार शॉट!'

रणजी ने उस तरफ देखा जहाँ पर उसके साथी बैठ हुए थे। उनके बीच कोई भी लड़की मौजूद नहीं थी। फिर रणजी मुड़ा और दूसरी तरफ की सीमा रेखा के तरफ देखने लगा, और फिर वहां, एक विशाल सिनेमा होअर्डिंग के नीचे कोकी खड़ी दिखाई पड़ी। कोकी ने रणजी की तरफ हाथ हिलाया।

रणजी ने उसका जवाब नहीं दिया। वह आत्म-केन्द्रित महसूस कर रहा था। गेंदबाज का सामना करने के लिए एक बार फिर से तैयार होते वक्त, उसे एक वक्त में दो चीजों का एहसास हो रहा था- पहला गेंदबाज के द्वारा चेहरा बनाना और उसकी तरफ तेज गेंदबाजी करते बढ़ना, और दूसरा कोकी का सीमा रेखा पर खड़ा होकर उससे एक और चौके की उम्मीद करना।

एकाग्रता के खो जाने से उसने अगली गेंद को मिस कर दिया। जिसके चलते वह आगे बढकर खेलने के बजाय, उसने उस गेंद को पीछे से खेला।

गेंद ने बल्ले का किनारा लिया और सीधे विकेटकीपर के दस्ताने में समां गयी।

सभी फील्डर एक कैच की अपील करते हुए एक साथ चिल्लाये, 'हाउज डाएट!'

रणजी ने अंपायर- इस मामले में, भीम के द्वारा उसे आउट दिए जाने का इंतजार नहीं किया। वह अच्छी तरह से जानता था कि गेंद ने उसके बल्ले को छुआ था। मुंह सिकोड़ते हुए, वह अपनी टीम के साथियों के पास वापस चला गया। यह सब कोकी की करनी के कारण हुआ था!

अब, रणजी के आउट हो जाने के बाद, सीताराम और भरतु के बीच में अच्छी साझेदारी हुई। सीताराम वह लड़का था जो अपने पिता की रविवार को शहर की धुलाई में मदद करता था। सीताराम को एक

सपाट पत्थर पर कपड़े को बिछाने और फिर उन कपड़ों को एक मजबूत डंडे से पीटने की आदत थी – यह विधि अधिकांश धोबी कपड़े को धोने में अपनाते थे।

उसने क्रिकेट बॉल के साथ भी ऐसा ही व्यवहार किया। उसने गेंद को काफी जोर से मारना शुरू किया और मैदान के सभी कोनों में सीमा के पार भेजना शुरू किया। इस तरह से आउट होने से पहले उसने 25 बहुमूल्य रन बनाए, अंततः एक बड़ी हिट मारने के चक्कर में कैच आउट हो गया। दूसरे सिरे पर भरतु ने पारी को उस वक्त तक आगे बढ़ाना और दूसरी टीम को परेशान करना जारी रखा जब तक कि उसे लेग बिफोर विकेट घोषित नहीं किया गया। बिली जोन्स भी पैड पर गेंद लगने से आउट घोषित किया गया। एलबीडब्ल्यू के फैसलों से कोई भी खुश नहीं था।

आमिर अली ने कहा, 'हमारे पास तटस्थ अंपायर होने चाहिये।'

रणजी ने कहा, 'लेकिन अंपायर बनना ही कौन चाहता है?' 'हमें ऐसा कोई बंदा नहीं मिलेगा। हमें अपने ही टीम के सदस्यों को इसके लिए इस्तेमाल करना होगा, या फिर दूसरी टीम को ही दोनों अंपायर उपलब्ध कराने देना होगा!'

लुम्बू ने कहा, 'आज के बाद नहीं।'

इस बीच कागज के थैलों में भरकर समोसा और जलेबी लेकर मुकेश और राकेश मैदान में पहुँच गए। इस खुशी में, वहां पर बैठे सभी लोगों ने उल्लास के साथ उनका स्वागत किया। जिस तेजी के साथ समोसा और जलेबी खायी जा रही थी उसी रफ्तार के साथ विकटों का भी पतन होता जा रहा था। राकेश और मुकेश जो कि अंतिम खिलाड़ी के रूप में क्रीज पर कई ओवरों तक डटें रहे जब तक कि आखिरकार राकेश को लेग बिफोर विकेट घोषित नहीं किया गया। इस तरह से रणजी की टीम कुल 87 रन पर धराशायी हो गयी। यह स्कोर किसी भी मायने में मैच को जिताने के लिए काफी नहीं था, बस महज इसके कि पिच कुछ गुल खिला दे।

अब पब्लिक स्कूल टीम को बल्लेबाजी करनी थी। उनके ओपनर

बल्लेबाजों में से एक बिना अपना खाता खोले लुम्बू की गेंद पर आउट हो गया। रणजी की गेंद दो बार दूसरे बल्लेबाज के पैड पर आकर लगी थी, लेकिन गेंदबाज के द्वारा एलबीडबल्यू की जबरदस्त अपील को पब्लिक स्कूल के अंपायर ने खारिज कर दिया था; उसका ऐसा करना स्वाभाविक ही था! खुद से बाते करते हुए, रणजी ने एक बहुत तेज गति की गेंद फेंकी। यह तेजी के साथ उठी और बल्लेबाज के हाथ पर जाकर लगी। दर्द से कराहते हुए बल्लेबाज ने अपना बल्ला छोड़ दिया और अपने हाथ को दबाने लगा। फिर उसने सभी को अपनी सूजी हुई ऊँगली दिखाई और फिर 'रिटायर हर्ट' होने का फैसला लेकर वापस चला गया।

जैसे ही रणजी अंपायर के पास से गुजरा, उसने बुदबुदाकर बोला, 'आउट करने के और भी तरीके है।'

अगले दो बल्लेबाज अच्छे खिलाड़ी थे, वे सलामी बल्लेबाजों की तरह नर्वस नहीं थे। उनमें से एक बल्लेबाज के बल्ले पर लुम्बू की बाहर निकलती गेंद का शायद बहुत महीन किनारा लगा, लेकिन भीम ने संदेह का लाभ दिया। दरअसल भीम, एक अंपायर के रूप में अपनी निष्पक्षता के लिए जाना जाता था। जो अपनी खुद की टीम के प्रति भी पक्षपात नहीं करता था, चाहे टीम के अंपायर ने कुछ भी क्यों न किया हो। रणजी को लगा, भीम का इतना निष्पक्ष होना ठीक नहीं था।

तीसरे और चौथे नंबर के बल्लेबाजों ने आपस में मिलकर 40 रन जोड़े, और दोपहर होने तक रणजी की टीम के खिलाड़ी भूख और थकाई के कारण निढाल हो चुके थे। लेकिन तभी सीताराम की स्पिन गेंदबाजी के बदौलत रणजी की टीम ने जल्दी-जल्दी तीन विकेट झटके। लेकिन अभी भी तीन विकेट बचे हुए थे और पब्लिक स्कूल को जीत के लिए 20 रनों की जरूरत थी।

तभी कैच लपकने के लिए दौड़ रहे भरतु और मुकेश आपस में टकरा गए और घास में गिर गए, लेकिन जब वे उठे तो पाया गया कि गेंद मुकेश की पेंट के पिछले हिस्से में फंसी हुई थी। हालाँकि, गेंद यहां कैसे पहुंची इसके बारे में कोई भी बता पाने में असमर्थ था।

खैर काफी चर्चा और विचार-विमर्श के बाद दोनों अंपायरों को इस बात पर सहमत होना पड़ा कि गेंद लपकी गयी थी और कैच उचित था, और फिर उन्होंने बल्लेबाज को आउट घोषित कर दिया। लेकिन इस पूरी घटनाक्रम में भरतु की नाक पर चोट लग गयी थी और खून बह रहा था, इसलिए उसे मैदान छोड़कर जाना पड़ा।

रणजी ने भरतु की जगह किसी और को मैदान में उतारने के लिए इधर-उधर देखा। पर उस के अलावा उसे कोई नजर नहीं आ रहा था।

रणजी ने कोकी की ओर देखा और कठोरता से कहा, 'मैदान में तुरन्त आओ।'

कोकी को मनाने की कोई जरूरत नहीं पड़ीं। उसने तुरंत अपनी सैंडल को उतार दिया और नंगे पांव मैदान में दौड़ती हुई चली आयी। और फिर सीमा रेखा के पास एक खिलाड़ी के रूप में खड़ी हो गई।

अंतिम क्रम के बल्लेबाज अब बचे हुए रन को बनाने के लिए बेताब कोशिशें करने के चक्कर में बल्ले को इधर-उधर घुमा रहे थे। एक जोर से लगाया गया शोर्ट तेजी से कोकी के पास से होते सीमा रेखा को चार रनों के लिए चला गया। रणजी ने उसकी तरफ गुस्से से देखा। लेकिन तभी तेज रन बनाने के चक्कर में क्रीज पर मौजूद दोनों बल्लेबाज आपस में भीड़ गए और उनमे से एक रन आउट हो गया।

अब अंतिम बल्लेबाज क्रीज पर पहुंचा। अभी भी पब्लिक स्कूल आठ रन से पीछे था। और निश्चित रूप से दो बाउंड्री जिताने के लिए काफी थी।

इस बीच बल्लेबाज दो रन और दौड़ गए। और फिर उनमें से एक, अति आत्मविश्वास और जीत के प्रति आश्वस्त होने के चक्कर में, सीताराम की धीमी, लालच देने वाली गेंद पर अपना संयम खो बैठा, और जोरदार हिट मारने के चक्कर में उसने गेंद को हवा में कोकी की तरफ मार दिया।

इस कैच को लेने के लिए कोकी को अपनी जगह से कुछ गज की दूरी पर दौड़ना पड़ा। और फिर उसने गेंद की तरफ हिरण की तरह छलांग लगाई और गेंद को दोनों हाथों में लपक लिया।

और इस तरह से रणजी की टीम ने मैच जीत लिया और कोकी ने विजयी कैच पकड़ा।

इस तरह से कोकी बारहवें खिलाड़ी के रूप में आखिरी बार दिखाई दी। उस दिन के बाद से वह टीम की नियमित सदस्य बन गयी थी।

बड़ोग में नाश्ता

यही कोई सत्तर साल बीत चुके होंगे जब कभी पहले मैने कालका-शिमला लाइन पर स्थित बड़ोग नाम के छोटे से स्टेशन पर नाश्ता किया था; और इसी स्टेशन को कल मैंने अपने सपने में देखा। इस सपने में सब कुछ देखा- वही स्टेशन, डाइनिंग रूम, पहाड़ी, और लम्बी अँधेरी बड़ोग की सुरंग, सभी कुछ मैने सपने में देखा। इसका मतलब था कि यह सब कुछ इतने वर्षों से मेरे अवचेतन मस्तिष्क में मौजूद था और अब इतने वर्षों के बाद सामने आने का प्रयास कर रहा था और कुछ मार्मिक यादों को ताजा कर रहा था।

क्या मुझे वहां फिर से एक बार जाना चाहिये। वह स्टेशन अभी भी वहीं मौजूद है, और सुरंग भी है। मुझे बताया गया है कि इस जगह का इतने वर्षों में इतना निर्माण हुआ है कि अब इस ने एक छोटे से हिल स्टेशन का रूप अख्तियार कर लिया है। इस तथ्य को जानकर मुझे कोई आश्चर्य नहीं हुआ। अब हमारे गांव कस्बे में तब्दील हो गए हैं, कस्बे शहर में, और कुछ ही वर्षों के बाद हमारा शहर एक विशाल मेगासिटी में तब्दील हो जाएगा, जिसमें यदा-कदा कुछ पार्क बचे रह जायेंगे जो हमें याद दिलाते रहेंगे कि यह ग्रह भी कभी हरा-भरा हुआ करता था।

एक छोटे-से स्टेशन और उसका एक छोटा रेस्तरां जिसमे एक बावर्ची और एक वेटर हुआ करता था और छोटे से स्टेशन मास्टर के अलावा, बड़ोग के आस पास कोई घर भी हुआ करता था, ऐसा मुझे याद नहीं है। नही, इतने छोटे स्टेशन पर स्टेशन मास्टर से महत्वपूर्ण और कोई हो भी नहीं सकता था। कोई बहुत जूनियर ही वहां इनचार्ज होता था।

कोई बात नहीं। सबसे महत्त्वपूर्ण चीज नाश्ता था। और नाश्ते का मैं

और मेरे पिता शिमला और बोर्डिंग स्कूल जाते हुए लुत्फ लिया करते थे। मेरी यात्रा का जो सबसे कम पसंदीदा हिस्सा होता था वह था मेरा बोर्डिंग स्कूल। स्कूल में गए मुझे दो वर्ष हो गए थे और मैं एक ऐसी दुनिया में रहना पसंद करने लग गया था जहाँ स्कूल नाम की कोई चीज ही नहीं होती थी। मेरे माता-पिता के बीच तलाक हो जाने का नतीजा यह हुआ कि मुझे मसूरी में स्थित कान्वेंट स्कूल से निकाल लिया गया, और फिर मेरे पिता जी, जो कि आर.ए.एफ. में कार्यरत थे के द्वारा मुझे अपने साथ ले जाया गया। वह 1942 का दौर था और दूसरा विश्व युद्ध अपने पूरे चरम पर था। उन्होंने सभी नियमों को ताक पर रख कर मुझे अपने साथ रखा, लेकिन इसे पूरा करने के लिए उन्हें नयी दिल्ली में एक फ्लैट किराये पर लेना पड़ा। दिन के वक़्त के दौरान ज्यादातर वह अपने काम में रहते थे और मैं किताबों, ग्रामाफोन रिकॉर्ड और स्टाम्प एलबम के बीच घिरा; मैं पिता जी के द्वारा किराये पर लिये गए फ्लैट में अकेला रहा करता था। शाम के वक्त मैं उन्हें टिकट संग्रह में मदद करता था, क्योंकि उन्हें टिकट संग्रह करना बहुत पसंद था। सप्ताह के अंत में, वह मुझे दिल्ली में स्थित ऐतिहासिक स्मारक दिखाने ले जाते थे; जिसकी दिल्ली में कोई कमी नहीं थी। इस तरह, टिकटों से मैंने भूगोल सीखा, स्मारकों से इतिहास, किताबों से साहित्य सीखा। जितना कुछ मैंने स्कूल में जाकर एक साल में सीखा, उससे कहीं अधिक मैंने घर पर दो साल में सीख लिया था।

लेकिन आखिरकार उनका तबादला कर दिया गया; उन्हें पहले कोलोंबो, फिर कराची और उसके बाद कलकत्ता भेजा गया, और उन जगहों पर मिले क्वार्टर में मेरे लिए रहना संभव नहीं था। इसलिए मुझे शिमला के बिशप कॉटन स्कूल में भर्ती करा दिया गया।

हमने कालका स्टेशन से रेलनुमा छोटी रेलगाड़ी पकड़ी। इसका भांप का इंजन, रेल की नैरो गेज पटरी बिना धक-धक किये आहिस्ता-आहिस्ता उस पहाड़ की खड़ी चढ़ाई में चढ़ने लगी। मुझे आने वाले वर्षों में उसी ट्रेन से यात्रा करनी थी, लेकिन मेरी इस पहली शिमला की यात्रा पर मुझे रेलकार की सुविधा प्रदान की गयी थी।

रेलकार ठीक नाश्ते के वक़्त पर, सुबह 10 बजे बड़ोग स्टेशन पर पहुँच चुकी थी।

बड़ोग का नाश्ता पहले से ही काफी प्रसिद्ध था और मैने भी उस नाश्ते के साथ पूरा न्याय किया। मैंने कॉर्नफ्लेक्स को अलग कर दिया और तले हुए अंडे और टोस्ट मक्खन को खाने में ध्यान लगाया। वहाँ पर बेकन (सूअर के मांस का आचार), शहद और मुरब्बा भी मौजूद था।

'रस्किन,' मेरे पिता ने कहा, 'इस नाश्ते की तुलना में तुम्हारे स्कूल का नाश्ता कुछ भी नहीं होगा।'

हालाँकि उन्होंने खुद बहुत कुछ नहीं खाया। उन दिनों उनके दिमाग में अपने काम के अलावा भी बहुत उथल-पुथल चल रहा था। जैसे उनसे अलग हो चुकी उनकी पत्नी और मेरी माँ; मेरी दुर्बल बहन, जो कि माँ के अलग हो जाने के बाद से उनके साथ ही कलकत्ता में रहा करती थी; खुद उनका बार-बार स्थानान्तरण होना; बार-बार मलेरिया की बीमारी से खुद का ग्रसित होना; और एक बार युद्ध के खत्म हो जाने के बाद, भारत की आजादी जो कि लगभग तय थी, ऐसे में भारत में हमारे भविष्य जैसी अनगिनत चिंताए उन्हें सताया करती थी।

'हम शिमला कब पहुंचेगे?' मैंने जानना चाहा, हालाँकि मेरी दिली इच्छा थी कि मैं बड़ोग में ही रहूँ।

पिता जी ने जवाब में कहा, 'एक घंटे से थोड़ा-सा और वक़्त लग जायेगा, जब हम शिमला पहुँच चुके होंगे। लेकिन उससे पहले हमें इस लाइन पर से गुजरने वाली सबसे लम्बी टनल से गुजरना होगा। इस टनल को पार करने में लगभग पांच मिनट लग जायेगा। यह वह वक़्त होगा जब तुम भगवान से कोई भी इच्छा जाहिर कर सकते हो।'

रेलकार टनल में घुस गयी और हम सभी ने पहाड़ के अँधेरे की चादर में अपने आप को लपेटा हुआ पाया। मैंने अपने पिता का हाथ पकड़ लिया। हमारे पीछे बैठे कुछ सिपाही युद्ध के दौर के गीत गाकर अँधेरे को तोड़ने का प्रयास कर रहे थे।

अपनी परेशानियों को खुद के किसी पुराने झोले में दफन कर लो,
और फिर मुस्कुराओ, मुस्कुराओ, मुस्कुराओ!

टनल की समाप्ति पर रोशनी की हल्की किरण दिखाई दी, और फिर हम सब चमकते सूरज और देवदार के खुशबूदार वृक्षों के बीच आ चुके थे।

पिता जी ने पूछा, 'क्या तुमने कुछ माँगा?'

मैंने सिर हिलाकर कहा, 'मैंने माँगा कि काश मेरी माँ वापस आ जाये।'

मेरे पिता जी यह सुनकर कुछ पल के लिए गहरी साँस लेकर बिलकुल खामोश हो गए, फिर बोले, 'क्या तुम्हें अपनी माँ याद आती है?'

मैंने रूखेपन से कहा, 'मुझे उनकी याद नहीं आती है।' मैं आपके साथ हमेशा खुश रहता हूँ। लेकिन आप उन्हें हमेशा अपने से दूर महसूस करते हो। मुझे आपको दुखी देखकर बिलकुल भी अच्छा नहीं लगता है।'

उन्होंने कहा, 'मैंने उनसे कितनी बार वापस आ जाने के लिए कहा।'

'लेकिन यह उन पर निर्भर करता है। खैर उन्हें एक दूसरे किस्म की जिन्दगी पसंद है, जिसे वह जीना चाहती हैं।'

और यह सच था। वह अभी अपनी यौवन अवस्था में मात्र बीस साल की थी, उन्हें पार्टी, डांस और लोगों से मिलना-जुलना काफी पसंद था। जबकि मेरे पिता जी चालीस साल के हो चुके थे। वह घर पर रहकर क्लासिक संगीत सुनना पसंद करते थे। जब वह छुट्टी पर होते तो वह लुप्त हो गई तितलियों की खोज किया करते थे। मेरी माँ भी एक तितली थी, वह खूबसूरत, खुशनुमा और हमेशा एक जगह से दूसरी जगह घुमती पाई जाती थी। लेकिन वह खुद संग्रहालय में बंद होकर अपनी नुमाईश के लिए तैयार नहीं थीं।

ऐसा मानना है कि हममें से अधिकांश लोग, चाहे वह फिर कितने ही बड़े या छोटे हों, जिन्दगी में गलतियां करते जाते हैं, और हम उन गलतियों को सुधारने में अपना बहुत सा वक्त बिता देते है। शादी मेरे पिता और माँ दोनों के लिए एक गलत फैसला था। और मैं उस गलत फैसले का नतीजा था!

ऐसे दौर में मेरे पिता जी के पास जो भी वक्त था उसमे उन्होंने मेरे लिए अपना सबसे बेहतर प्रयास किया। और जब वह मेरे साथ

मेरे नए स्कूल में मुझे छोड़ने के लिए आये तो यकीनन मुझे उन पर बहुत गर्व हुआ था! उन्होंने स्कूल में गहरे नील रंग की आर.ए.एफ. की वर्दी पहनी हुई थी, उस पर फ्लाइंग ऑफिसर की पट्टी लगी हुई थी, उनकी वर्दी खासतौर पर युद्ध के उन दिनों में, उनकी ऑफिसर वर्दी ने स्कूल के बच्चों पर बहुत अच्छा प्रभाव छोड़ा था। मेरा वहां स्कूल में सम्मान और जिज्ञासा के साथ स्वागत-सत्कार किया गया। यह बात चारों ओर तेजी के साथ फैल गई कि मेरे पिता एक लड़ाकू पायलट हैं और उन्होंने दर्जनों जापानी विमानों को मार गिराया था! यह भी कहा गया कि वह बिगल्स थे, अर्थात काल्पनिक विमान चालक। जिसमे सच्चाई जैसी कोई चीज नहीं थी। मेरे पिता ने कभी भी उड़ान नहीं भरी थी। वह तो कोड्स और साइफर्स नामक एक यूनिट में काम करते थे, यह संस्था नए कोड बनाने या दुश्मन के कोड तोड़ने में मदद करती थी। यह काम बहुत ही महत्त्वपूर्ण और गुप्त था लेकिन इस काम में दूर-दूर तक कोई ग्लैमर नहीं था।

ऐसा नहीं है कि मुझे जूनियर बिगल्स कहलाया जाना पसंद नहीं था। दरअसल अपने पिछले स्कूल में, मैं एक बाहरी बच्चे जैसा था और वहां पर मौजूद आयरिश नन को मेरे जैसे एक शांत, संवेदनशील लड़के की ज्यादा परवाह नहीं थीं। लेकिन इस स्कूल ने बहुत जल्द मुझे यह एहसास दिलाया गया कि मैं इस स्कूल का एक स्तम्भ हूँ और बहुत ही जल्द यहाँ पर मैने कई दोस्त बना लिए थे। जब मैंने इस स्कूल में दाखिला लिया था लगभग आधा साल बीत चूका था लेकिन इसके बावजूद भी मुझे अपने दूसरे साथियों के पास पहुँचने में कोई परेशानी नहीं हुई।

यह एक 'प्रेप स्कूल' था अर्थात जूनियर स्कूल। और इस स्कूल में निश्चित रूप से, सीनियर स्कूल (जहाँ पहुँचने में अभी वक़्त था, और आगे कभी होगा) की तुलना में कहीं ज्यादा मजे थे। फिर भी, मुझे सर्दियों की छुट्टियों का बेसब्री से हमेशा इंतजार रहता था, वह वक्त हुआ करता था जब मुझे अपने पिता जी के साथ कम से कम तीन महीनों के लिए साथ रहने का मौका मिलता था। और उस वक़्त जब

मेरी ट्रेन प्लेटफार्म पर आहिस्ता-आहिस्ता पहुँचती तो वह वहां पुरानी दिल्ली के रेलवे स्टेशन पर मेरा इंतजार करते दिखाई दिया करते थे। वह अभी भी दिल्ली स्थित वायु सेना मुख्यालय में ही थे, मैं वहां पर अपना ज्यादातर वक़्त उनके साथ बिताया करता था। जहाँ हम रहा करते थे, कनॉट प्लेस उसी के पास ही था और हफ्ते में दो-तीन दिन शाम के वक़्त हम वहां सिनेमा देखने जाया करते थे। मेरे लिए चुनाव करने के लिए चार सिनेमाघर थे - रीगल, रिवोली, ओडियन और प्लाजा। यह सभी बिलकुल नए और शानदार थे और इनमें हॉलीवुड की नयी फिल्में लगा करती थीं। मैं फिल्मों का नियमित शौकिया बन गया था। वही पर किताबों और रिकॉर्ड की भी दुकान हुआ करती थी, और वेन्जर अपनी मिठाई के साथ, मिल्क बार अपने मिल्क शेक के साथ और क्वालिटी अपनी आइसक्रीम के साथ हुआ करता था। यह यकीन करना बहुत मुश्किल था कि यूरोप, एशिया, अफ्रीका, और प्रशांत (पेसिफिक) के क्षेत्रों में विश्व युद्ध चल रहा था; या फिर भारत के अन्दर उस वक़्त भारत छोड़ो आंदोलन अपने चरम पर था, और यह भी यकीन से परे था कि मेरे पिता जी को और मुझे जल्द ही देश छोड़ना पड़ सकता था। वह कभी-कभी इस बारे में बातें किया करते थे और मेरे इंग्लैंड के स्कूल में भेजे जाने की संभावना के बारे में बात किया करते थे। हम अपनी माँ के बारे में कोई बात नहीं करते थे, लेकिन मैंने देखा था कि वह अभी भी अपनी मेज की दराज में मेरी माँ की तस्वीर को रखे हुए थे।

मैं मार्च के महीने में स्कूल वापस आ गया, इस वक़्त बुरांश अपने पूरे शबाब पर था। इस बार मैं अपने स्कूल के साथियों के साथ छोटी ट्रेन में गया जो कि खड़ी चढ़ाई पर आहिस्ता-आहिस्ता भांप के इंजन की मदद से चढ़ रही थी। सफर ने पूरा दिन ले लिया था। ट्रेन थोड़े वक़्त के लिए बड़ोग में रुकी, लेकिन हमें ट्रेन से बाहर निकलने की इजाजत नहीं थी क्योंकि ऐसा करने पर हम में से एक या दो बच्चों का छूट जाना तय था। मैंने प्लेटफॉर्म के एक छोर से छोटे से रेस्तरां को उत्सुकता से देखा; लेकिन उस वक़्त चाय का समय हो चूका था। नाश्ता रेलकार के लिए ही था!

स्कूल चलता रहा। इस दौरान मेरे पिता का तबादला पहले कराची और फिर कलकत्ता हो चूका था। मेरे पिता का बचपन कलकत्ता में बीता था और इसलिए उन्हें उस शहर के बारे में काफी जानकारी थी। वह मुझे हर हफ्ते खत लिखा करते थे और आखिरी खत में उन्होंने मुझे बताया कि आने वाली सर्दियों की छुट्टी में मुझे वह नया बाजार के किताब की दुकान, बोटोनिकल गार्डन में मौजूद प्राचीन बरगद का पेड़, चिड़ियाघर, नदी के किनारे पर, बड़े मैदान जहां सैकड़ों लोग शाम की हवा का लुत्फ ले रहे होते थे, वहां जाकर मुझे.... खैर, मैं उम्मीद कर रहा था कि शरद ऋतु की छुट्टियों के दौरान वह मुझसे मिलने आएंगे, लेकिन ऐसा नहीं हुआ बल्कि मुझे किसी और तरह की खबर का सामना करना पड़ा।

किसी भी युवा स्कूल मास्टर के लिए किसी भी दस वर्ष के बच्चे को यह बता पाना कि उसने अपने पिता को खो दिया है बहुत मुश्किल भरा था, खासतौर पर तब जब उस मास्टर ने अपनी जिन्दगी में किसी भी ऐसी त्रासदी का सामना न किया हो। इस मुश्किल भरे काम को श्री मुर टफ को सौंपा गया। और उन्होंने अस्पष्ट तरीके से कुछ बेतुकी सी बाते करते हुए अपनी बात को बताने का पुरजोर तरीके से प्रयास किया, उन्होंने कहा कि देखो, भगवन को तुम्हारे पिता की तुमसे कही ज्यादा जरूरत थी और इत्यादि इत्यादि....

हालाँकि मेरे दोस्त इसी सहानुभूति को व्यक्त करने में उनसे कही ज्यादा स्वाभाविक दिखाई पड़ रहे थे, वे मुझे अपनी मिठाइयाँ या चॉकलेट दे रहे थे, मेरे साथ खेल खेलने की पेशकश कर रहे थे, और रात में उस वक्त तक मुझसे बाते करते थे जब तक कि मैं सो नहीं जाता था... ऐसा इसलिए था क्योंकि मुझे अपना भविष्य डूबा हुआ लग रहा था। मुझे यह नहीं पता था कि मैं आगे कहाँ जाऊँगा, किसके पास रहूँगा- क्या मैं अपनी नानी के पास जाऊंगा जो कि कलकत्ता में रहती थी, या फिर मैं अपनी माँ और सौतेले पिता के पास रहूँगा। इसी बीच मुझे अपनी माँ से एक खत मिला, जिसमे उन्होंने मुझे बताया था कि मेरे पिता की मौत मलेरिया से हुई थी, जो उन्हें कई वर्षों से तकलीफ

दे रहा था। परन्तु मेरी माँ के द्वारा लिखा गया खत असंवेदनशील था और निश्चित तौर पर इस खत से मुझे किसी भी तरह की सांत्वना हासिल नहीं हुई।

लेकिन इस सबके बावजूद भी जब सर्दी में स्कूल बंद हो गए थे तो मै उनके पास गया और मुझे अपने सौतेले पिता के घर पर कुछ वर्ष रहना पड़ा। खैर वह एक दूसरी कहानी है।

मैने शिमला में अपने स्कूल में अपनी पढ़ाई को जारी रखा, हर साल मार्च में छुट्टी के खत्म होने के बाद, छोटी ट्रेन मुझे और मेरे तमाम दोस्तों को कई सुरंगों और घुमावदार ढलानों, देवदार के जंगलों और वृक्षों से गुजरते हुए पहाड़ पर ले जाती थी। और हमेशा की तरह सबसे लम्बी सुरंग से ठीक पहले ट्रेन बड़ोग में रुकती थी। लेकिन मैंने उस सुरंग से ग़ुजरते हुए फिर कभी कोई चीज मांगने की इच्छा नहीं व्यक्त की।

यह घटना सत्तर वर्ष पहले की थी।

मैने सोचा, 'क्या रेलकार अभी उस लाइन पर चल रही है?' 'और क्या आज भी बड़ोग में नाश्ता परोसा जाता है?'

लोग कहते है कि मरने से पहले वेनिस जरूर जाना चाहिये। या फिर संभव हो तो, वाराणसी के दर्शन कर लेने चाहिये। लेकिन अगर मुझे मौका मिलेगा तो मैं देवदार के पेड़ों के बीच में बसे उस छोटे से स्टेशन पर जाना चाहूँगा। और अगर मेरे पिता प्लेटफॉर्म पर खड़े होकर, मेरा इंतजार कर रहे हों और मेरा हाथ पकड़ने के लिए तैयार खड़े हों, तो मैं एक बार फिर से वही छोटा बच्चा बन जाऊंगा, और फिर वही रेलकार हम दोनों को एक अलग सफर पर लेकर चली जाएगी।

ग्लेशियर पर पहुंचे चार लड़के

एक दिन जब बारिश होने की प्रबल संभावना बनी हुई थी, तब हम लोग उस बस में सवार हो गए थे जिसे हमें हमारे हिमालय ट्रेक के प्रारंभिक स्थल, कपकोट (अनिल ने बताया कि यह वही जगह हैं जहाँ लोग अपनी टोपी और कोट भूल जाते है) तक ले जाना था। उस वक़्त मैं सत्तरह वर्ष का था जबकि अनिल और सोमी सोलह के थे। हम सभी के पास अपना झोला था, और साथ ही हम सभी ठीक-ठाक साइज का अपना-अपना बिस्तर भी लेकर आये थे। जिसमें कंबल के अलावा चावल और आटे का बैग भी था, जिसे अनिल की माँ ने सोच-समझकर हम लोगों को दिया था। हालाँकि, हमें बिलकुल भी पता नहीं था कि एक बार चलना शुरू करने के बाद हम अपने साथ लाये बिस्तररोल को कैसे ले जायेंगे, लेकिन हमने इसकी बहुत ज्यादा चिंता नहीं की।

बहुत ही जल्द हमने कुमाऊँ के पहाड़ों में प्रवेश कर लिया। हम घुमावदार सड़कों को जो ऊपर-नीचे ले जा रही थी, पर तब तक आगे बढते रहे जब तक कि हमने नीचे घाटी में फैले छोटे से शहर और उस शहर के बीच से रिबन की तरह चांदी सी बहती नदी को नहीं देखा। तभी बस ने तीखा मोड़ लिया और एक बार फिर से घाटी गायब हो गयी, और पहाड़ हमारे सामने प्रकट हो गया।

कपकोट में नाश्ता किया और दुकानदार ने हमसे कहा कि यदि हम लोग चाहे तो उसके एक कमरे में रात बिता सकते हैं। वहां इर्द-गिर्द का मौसम सुहावना था, पहाड़ियाँ देवदार के पेड़ों से भरी हुई थीं, और नीचे ढाल पर ताजे हरे धान बोये हुए थे। रात को हवा के झोंके शय-शय की आवाजें करते हुए जहाँ हम सोये हुए थे, उस कमरे की खिड़की की दरारों से होते हुए हमारे कंबल में घुस रहे थे।

अगली सुबह हमने दुकान के पास की एक छोटी सी धारा पर अपना मुंह धोया और दिन की यात्रा पर निकलने के लिए बोतलों में पानी भरा। पास के गाँव का लड़का हमारे पास यह जानने के लिए आया कि हम कहां जा रहे हैं।

सोमी ने कहा, 'ग्लेशियर जा रहे हैं।'

लड़का बोला, 'मैं तुम लोगों के साथ चलूँगा, मुझे रास्ते का पता है।'

अनिल ने कहा, 'तुम बहुत छोटे हो।' 'हमें ऐसे व्यक्ति की जरूरत है जो हमारा बिस्तररोल उठा कर ले चले।'

लड़का बोला, 'मैं छोटा जरूर हूँ पर ताकतवर हूँ।' वाकई वह दिखने में हट्टा-कट्टा था। उसके गाल गुलाबी थे और उसका शरीर गठा हुआ था।

उसने कहा, 'देखो!', और फिर क्या था, उसने एक फुटबॉल के साइज का पत्थर उठा लिया, और फिर उसने उस पत्थर को नदी में फेंक दिया। मैंने कहा, 'मुझे लगता है कि वह हमारे साथ चल सकता है।'

और फिर क्या था, अब हम सब ने चलना शुरू कर दिया, पहले हम छोटी सरयू नदी के ऊपरी हिस्से की तरफ, फिर खच्चरों के लिए बने उबड़-खाबड़ रास्ते पर चलते हुए ऊपर की तरफ चढ़ने लगे। जहाँ हर वक्त पानी के बहने की आवाज का एहसास होता रहा, और हम तेज, हरे और जोश से बहते पानी की झलक यदा-कदा ले लिया करते थे।

हम पंद्रह मील की दूरी को तय करने के बाद शाम छः बजे जंगलात के रेस्ट हाउस पहुँच चुके थे। वहां पहुँचने पर अनिल ने देखा कि चौकीदार धुँधली धूप में सोया हुआ था, उसने चौकीदार को जगाया। चौकीदार को किसी भी आगंतुक ने कई हफ्तों से परेशान नहीं किया था, अचानक हमें वहां पाकर वह बड़बड़ाने लगा, लेकिन फिर उसने हमारे लिए एक कमरा खोल दिया। इतना ही नहीं बल्कि उसने स्टोर से कुछ आलू हमारे लिए लाकर रख दिए, और इन आलूओं को रात के खाने के लिए भूना गया।

खाना खाने के बाद, जैसे ही हम अपने बिस्तर में जाने की तैयारी कर रहे थे, हमने नालीदार टिन की छत पर एक आवाज सुनी, और फिर किसी की या किसी चीज की इधर-उधर भागने की आवाज सुनाई

देने लगी। अनिल, सोमी और मैं चोकन्ने हो गए; लेकिन बिसनु जो पहले से ही कंबल में घुस गया था, उसने हल्की सी जम्हाई ली और अपनी तरफ करवट बदल ली।

उसने कहा, 'भालू है।' 'क्या तुम्हें छत पर कद्दू लटका हुआ नहीं देखा था? भालुओं को कद्दू बहुत अच्छे लगते है।'

इस तरह अगले आधे घंटे हमें भालुओं के द्वारा छत पर इधर-उधर कूदने की आवाजे सुनाई पड़ती रही और इस दौरान वे चौकीदार के द्वारा लगाये गए पके हुए कद्दूओं को खाते रहे। फिर उनके उछलने-कूदने की आवाजें आना बंद हो गयी और सन्नाटा छा गया। मैं और अनिल अपने कंबल से बाहर निकले और दबे पांव खिड़की के पास गये। और फिर हमने फ्रॉस्टेड शीशे की खिड़की से देखा कि एक काला हिमालयी भालू घर के ठीक सामने वाली ढलान से होता हुआ जा रहा था। हमारा अगला रेस्ट हाउस एक संकरी घाटी में था, जो कि पिंडर नदी के तट पर स्थित था। इस नदी ने पहाड़ियों के बीच से अपने लिए रास्ता बनाया था। हम सीढ़ीदार खेतों और पत्थर से बने छोटे-छोटे घरों के बीच से गुजरते हुए उस वक्त तक चलते रहे जब तक कि खेत और घरों का नामोनिशान खत्म नहीं हो गया, और अब केवल हमारे साथ जंगल, सूरज और खामोशी ही चल रही थी।

यहाँ की खामोशी किसी कमरे या खाली सड़क से बिलकुल अलग थी।

और फिर तभी, नदी की आवाज ने, पसरी खामोशी को तोड़ कर रख दिया।

दूर घाटी में, पिंडर नदी खुद को मैदान में पहुँचाने के लिए लालायित जान पड़ रही थी। हम सभी उस तक पहुँचने के लिए भागने लगे, रास्ते में फिसले, और लड़खड़ाये भी, लेकिन कुछ भी हो हमने उस तक पहुँचने के लिए दौड़ना नहीं छोड़ा।

रेस्ट हाउस जहाँ हम ठहरे हुए थे, वह नदी के ठीक ऊपर एक किनारे पर बना हुआ था, और यहाँ पर पहाड़ से नीचे की ओर तेज बहते हुए पानी की आवाज हर वक्त सुनी जा सकती थी। वहां पर पक्षियों की आवाज, जिसकी हमें आदत बन चुकी थी, पानी की आवाज

के बीच दब गयी थी। लेकिन हाँ, वहां पर गहरे हरे जंगलों के पत्तों की ओड़ में खड़े होकर लाल मुकुट वाली जे, पैराडाइस फ्लाईकेचर, बैंगनी रंग की व्हिसलिंग थ्रश और अन्य जिन्हें हम पहचान नहीं सके थे, उन तमाम पक्षियों को निहारा जा सकता था।

पहाड़ के ऊपरी हिस्से में कुछ सीढ़ीनुमा खेत बने हुए थे जहाँ पर जई और जौ लगाये गए थे। वही पर कुछ कच्ची झोंपड़ियाँ भी मौजूद थी। हमें वहां पर मौजूद चौकीदार ने बताया था कि यह गाँव ग्लेशियर के रास्ते में पड़ने वाला आखिरी गांव था। यह एकदम सच था, वास्तव में, यह गाँव भारत में पड़ने वाले आखिरी गांवों में से एक था, क्योंकि आगे यदि हम ग्लेशियर को पार करके, उसके बाद पड़ने वाले दर्रो को पार कर लेते हैं, तो हम खुद को तिब्बत की सरहद में पायेंगे।

अनिल ने चौकीदार से भद्दा दिखने वाले हिम मानव के बारे में पूछा। चूँकि हमारा चौकीदार नेपाली था और नेपाली लोग हिम मानव के अस्तित्व में विश्वास करते हैं।

उसने हमें बताया, 'जी हाँ, मैंने येती को देखा है।' आगे उसने कहा, 'येती, एक विशालकाय प्राणी होता है जिसका शरीर बालों से भरा, पैर चपटे होते हैं, और सर्दियों में भारी बर्फबारी के दौरान, वह रात में बंगले से गुजरता है, जी हाँ, मैने कई बार सुबह उसके पैरो के निशान देखे है।'

सोमी ने उत्सुकता में जानना चाहा, 'क्या वह गर्मी में इधर दिखाई पड़ता है?'

चौकीदार ने कहा, 'नहीं, लेकिन हाँ मुझे कभी-कभी लिडिनी दिखाई दी है। तुम्हें उससे बहुत सावधान रहना होगा।'

अनिल ने पूछा, 'और यह लिडिनी कौन है?'

'वह हिम औरत है, और येती से कहीं ज्यादा खतरनाक है। जब वह सीधी खड़ी होती है तो वह लगभग सात फीट लम्बी होती है, ठीक येती के बराबर, और उसके बाल येती से कहीं ज्यादा लम्बे होते हैं। और इसके अलावा उसके दांत भी बहुत ज्यादा लम्बे होते है। उसके पैर अंदर की ओर होते है, लेकिन इसके बावजूद भी ढलान पर बहुत

तेज दौड़ सकती है। चोकीदार ने हमें बताया कि यदि आप लोगों को लिडिनी कभी दिखाई पड़ जाये और आपका पीछा करने लगे, तो याद रखिये कि आप हमेशा ऊपर की दिशा में दौड़े, न कि ढलान पर। ऐसा करने से, वह अपने टेढ़े पैरो के कारण जल्दी ही थक जाती है। लेकिन ढलान पर दौड़ते वक्त उसे किसी भी तरह की परेशानी नहीं होती, और याद रखो ऐसे में तुम्हें उससे बचने के लिए बहुत तेज दौड़ना पड़ेगा!'

अनिल ने घबराहट में हँसते हुए कहा, 'कोई नहीं, हम काफी तेज भागते है। और वैसे भी यह एक परी कथा के अलावा कुछ भी नहीं है, मुझे कहानी पर बिलकुल भी विश्वास नहीं है।'

अनिल की इस बात को सुनकर, चौकीदार बहुत नाराज हो गया, और उसने हमें हिम मानव और हिम औरत के बारे में कुछ और बताने से साफ इनकार कर दिया। लेकिन उसने बिसनु को आग जलाने में मदद की, और हमें एक काली, चिपचिपी मिठाई दी, जिसे हमने बड़े चाव से खाया।

अगले दिन सुबह जब ग्लेशियर पहुँचने के लिए हमने अंतिम सात मील की दूरी को तय करने के लिए यात्रा शुरू की तो मौसम सुहावना था और धूप निकली हुई थी। हमने सोचा था कि आगे का रास्ता कठिन चढ़ाई भरा होगा, पर चूकि रेस्ट हाउस समुद्र तल से 11,000 फीट ऊपर था, इसलिए बाकी की चढ़ाई हमें अहिस्ता-अहिस्ता चढ़नी थी।

एकाएक, अचानक, पेड़ दिखाई देना बंद हो गए। बंगले नजरों से ओझल होने के साथ ही छोटी घास और छोटे गुलाबी और नीले रंग के अल्पाइन फूल पेड़ों और झाड़ियों की जगह लेने लगे। अब बर्फ की चोटियाँ करीब दिखाई दे रही थीं, और हमें हर दिशा से घेरे हुई थीं। हम पानी के बहते सफेद झरनों से होकर गुजरे, जो कि खड़ी चट्टानों से सैकड़ों फीट नीचे गिरते हुए छोटी नदी में मिल रहे थे। वहां पर, एक बड़ा सफेद चील हमारे ऊपर मंडरा रहा था।

पहाड़ी हमसे दूर हो गई थी, और अब उसकी जगह, हमारे सामने बर्फ से भरा एक बड़ा सफेद मैदान था, यह मैदान दो चमकती चोटियों के बीच फैला हुआ था। हम कुछ क्षणों के लिए निस्तब्ध होकर बस

उसे देखते ही रह गए। फिर हम सभी ने फिसलन वाली सतह पर एक-दूसरे को सहारा देते हुए सावधानी के साथ आगे बढ़ना शुरू किया। हम ज्यादा दूर तक नहीं जा सके, क्योंकि हम में से कोई भी इतनी ऊँची चढ़ाई चढ़ने को बिलकुल भी तैयार नहीं था। लेकिन हम यह जानकर संतुष्ट हुए कि अपने शहर के हम एकमात्र युवा थे जो इतनी दूर और इतनी ऊंचाई तक पैदल चलकर पहुंचे थे।

सूरज की किरणें बर्फ से तेजी से टकरा कर हमें गर्माहट का एहसास करा रहीं थीं। सूरज हमारे शरीर पर रेंगते हुए, हमारी हड्डियों की गहराई में डूबा जा रहा था, इससे हमें आनंद की अनुभूति हो रही थी। इस बीच, अचानक कही से आये अज्ञात बादलों ने कुछ पहाड़ की चोटियों को अपने आगोश में ले लिया था, और पहाड़ के ढलानों पर सफेद धुंध छा गयी थी। हमारे लौटने का वक़्त हो गया था: अँधेरा होने से पहले हम बहुत मुश्किल से बंगले पर वापस पहुंच पाए थे।

कपकोट लौटकर आते समय, हम सरयू नदी पर रुके, वहां हमने उन गाँव के लड़कों के साथ नहाया जिनसे हम ग्लेशियर की ओर जाते वक़्त मिले थे; हमने स्ट्रॉबेरी, फर्न और जंगली फूल इकठ्ठा किये; और फिर आखिर में बिसनु को अलविदा कह कर हम निकल पड़े।

हालाँकि, अनिल बिसनु को हम लोगों के साथ ले चलना चाहता था, लेकिन उसके माता-पिता ने यह कह कर रोक लिया कि अभी वह शहर की जिन्दगी को जीने के लिए बहुत छोटा है।

सोमी बिसनु को बोला, 'कोई बात नहीं।' हम अगले साल फिर से ट्रेक के लिए आयेंगे, और उस वक़्त तुम्हें अपने साथ ले जायेंगे।

सोमी के इन शब्दों ने बिसनु को खुश कर दिया, और वह हमारे बिस्तररोल को कंधे पर उठा कर बस स्टॉप हमें अलविदा करने आया।

बस के चलने के बाद, वह हमारी अंतिम झलक को पाने के लिए एक देवदार के पेड़ पर चढ़ गया। और जब बस कपकोट के बंद से मुड़ी तो हमने उसे पेड़ से हाथ हिलाते हुए देखा, और फिर पहाड़ियां पीछे छूटती गयी और नीचे फैला हुआ मैदान आ गया।

रात के अँधेरे में एक चेहरा

एक बार हमारे एंग्लो-इंडियन शिक्षक, श्रीमान ओलिवर शिमला से बाहर के किसी हिल स्टेशन से देर रात वापस अपने स्कूल की तरफ लौट रहे थे। किपलिंग के दौर से पहले ही हमारे स्कूल को अंग्रेजी पब्लिक स्कूल के तर्ज पर चलाया जाता था, चूंकि इस स्कूल में ज्यादातर धनी भारतीय परिवारों के लड़के आते थे, इस लिए वहां ब्लेजर, कैप और टाई पहनना होता था। एक बार लाइफ पत्रिका में भारत पर छपे एक विशेष आलेख में इस स्कूल को 'पूर्व का एटन' (एटन ऑफ ईस्ट) की उपाधि से नवाजा गया था। श्री ओलिवर इस स्कूल में कई वर्षों से पढ़ा रहे थे।

शिमला बाजार, जहाँ सिनेमा घर और रेस्तरां थे, हमारे स्कूल से लगभग तीन मील की दूरी पर स्थित था और श्रीमान ओलिवर चूंकि अभी कुंवारे थे, इसलिए अक्सर शाम को शहर की तरफ टहलने चले जाया करते थे, और ज्यादतर अंधेरा होने के बाद ही लौटते थे, उस वक्त स्कूल पहुँचने के लिए वह छोटे रास्ते का इस्तेमाल करते थे। जो कि देवदार के जंगल के बीच से आता था।

जब तेज हवाएं चलती थीं, तो देवदार के पेड़ दर्द भरी और भयानक आवाजें निकालते थे, जिसके चलते ज्यादातर लोग उस रास्ते को छोड़कर मुख्य सड़क से आना जाना पसंद करते थे।

लेकिन जहाँ तक श्रीमान ओलिवर का सवाल था वह न तो घबराने वाले और न ही कल्पनाओं में बहने वाले इंसान थे। उन्होंने एक टॉर्च लिया हुआ था, जिसकी बैटरी लगभग खत्म हो रही थी, और इस कारण से जंगल के संकरे रास्ते पर चलते हुए वह टॉर्च बेतरतीब तरीके से जल-बुझ रही थी। ऐसे में, जब टॉर्च की टिमटिमाती हुई रोशनी पत्थर

पर अकेले बैठे हुए एक लड़के पर पड़ी, तब श्रीमान ओलिवर रुक गए। लड़कों को अँधेरा हो जाने के बाद बाहर नहीं आना चाहिये।

श्रीमान ओलिवर ने उस बच्चे को पहचानने के उद्देश्य से उसकी तरफ बढ़ते हुए सख्त लहजे में पूछा, 'तुम यहाँ क्या कर रहे हो?' लेकिन लड़के के पास पहुँचने पर, श्रीमान ओलिवर को कुछ गड़बड़ होने का एहसास हुआ। वह बच्चा रो रहा था। उसने अपना सिर नीचे झुकाया हुआ था, और चेहरे को अपने हाथों में पकड़ रखा था और उस बच्चे का शरीर ऐठा हुआ था और कांप रहा था। वह अजीब सी आवाज में सिसक रहा था। उसको देखकर श्रीमान ओलिवर को अजीब सी बेचनी महसूस हुई।

उस लड़के को इस तरह से रोते देखकर श्रीमान ने गुस्से को चिंता में बदलते हुए उससे पुछा, 'अच्छा, यह बताओ कि क्या बात है? तुम इस तरह से क्यों रो रहे हो?' पर लड़के ने न तो कोई जवाब ही दिया और न ऊपर ही देखा। बस, वह खामोश सिसकियों के साथ छटपटा रहा था। 'ठीक है, पर तुम्हें इस वक्त यहाँ इस तरह से नहीं रहना चाहिये। तुम मुझे अपनी परेशानी बताओ। ऊपर देखो! लड़के ने अपनी गर्दन को ऊपर उठाया। उसने अपने चेहरे से हाथ हटाया और अपने शिक्षक की तरफ ऊपर को देखा। श्रीमान ओलिवर के टॉर्च से रोशनी उस बच्चे के चेहरे पर पड़ी, क्या आप इसे चेहरा कह सकते है।

उस चेहरे पर आँख, कान, नाक या मुंह का नमो-निशान नहीं था। बस वह एक गोल सपाट सिर था, जिसके सिर पर एक स्कूल कैप थी!

और फिर यहीं पर इस कहानी का अंत हो जाना चाहिये था। लेकिन श्रीमान ओलिवर के लिए यह कहानी का खात्मा नहीं था।

श्रीमान ओलिवर के कांपते हाथों से टॉर्च छूट कर नीचे गिर गयी। इस के बाद वह वहां से मुड़े और फिर बेतहाशा भागते हुए जोर-जोर से चीखते हुए मदद की गुहार करने लगे। वह स्कूल की इमारत की तरफ भागे जा रहे थे जब उन्हें रास्ते में एक जलती हुई लालटेन झूलती हुई दिखाई पड़ी। श्रीमान ओलिवर हांफते और लड़खड़ाते हुए चौकीदार के पास पहुँचे। चौकीदार ने इस तरह से श्रीमान ओलिवर को देखकर उनसे

पूछा, 'साहब, क्या बात है?' 'क्या कोई दुर्घटना घट गयी है? आप इस तरह से क्यों दौड़ रहे है?'

श्रीमान ओलिवर तुरंत बोल पड़े, 'मैने कुछ देखा था, कुछ बहुत डरावना, एक लड़का, जिसका कोई चेहरा नहीं था, जंगल में रो रहा था!

क्या कहा साहब, कोई चेहरा नहीं?'

ओलिवर ने जवाब दिया, 'कुछ भी नहीं, न आँखें, न नाक मुंह-कुछ भी नहीं!'

'साहब, क्या आपका मतलब है कि आपने कुछ ऐसा देखा था?', यह कहते हुए चौकीदार ने लालटेन को अपने चेहरे की तरफ उठाया। और चौकीदार के चेहरे पर न तो आँखें, न कान, और न ही कोई भी नाक-नक्शा था, यहाँ तक कि उस चेहरे पर भौंहे भी मौजूद नहीं थी! और फिर उसी वक़्त हवा चली और उसने लालटेन की लौ को बुझा दिया।

चकराता की बिल्ली

चकराता शिमला और मसूरी के मध्य में एक छोटा सा हिल स्टेशन है। जब इस पर मोटर मार्ग नहीं बना था, तब मैं अपनी युवावस्था के दौरान कभी अकेला तो कभी कुछ लोगों के साथ एक हिल स्टेशन से दूसरे हिल स्टेशन पैदल ट्रेकिंग किया करता था। इस दूरी को पूरा करने में मुझे पांच दिन लग जाया करते थे। मैं एक मस्तमौला वॉकर था।

चकराता में एक पुराना फारेस्ट रेस्ट हाउस था जहाँ मैं कभी-कभी रात में रुक जाया करता था। अब उस रेस्ट हाउस की तलाश मत करना। क्योंकि अब वह खंडहर में तब्दील हो चुका है और इसकी जगह पर पास में ही नयी इमारत बना दी गयी है।

एक बार गर्मी के अंतिम दिनों की शाम, जब सूरज डूब रहा था, तब मैं पैदल चलते हुए रेस्ट हाउस पहुँच गया और वहां के चौकीदार को बुलाया। मैं उस चौकीदार का नाम भूल गया हूँ। वह एक चिड़चिड़ा और एकांकी बूढ़ा व्यक्ति था। यदि आप उसे बताएंगे कि एक भालू आपके पीछे पड़ गया था, तो वह बस गर्दन हिला देगा, और आपसे आराम करने के लिए कह देगा। वह बस इतना ही बोलेगा, 'बेहतर होगा कि आप आराम करें। आप थक गए होंगे।' पर भालू के बारे में कोई जानकारी लेने की उत्सुकता नहीं दिखायेगा!

खैर, उसने मेरे लिए एक कमरा खोल दिया, और एक साधारण सा भोजन तैयार किया (चूंकि पूरे दिन भर में मैंने बहुत थोड़ा ही खाया था, इसलिए मैंने इसका आनंद लिया), और फिर चौकीदार से पुरानी चिमनी में आग जलाने की गुजारिश की।

चकराता में सितम्बर के महीने में भी ठंड पड़ सकती थी, और इसलिए मैने उसे जलाने की लकड़ी को लाने के एवज में भुगतान करने

की बात कही। उसने कमरे और आँगन की लाइट को जला दिया और फिर कुछ लकड़ी लाने के लिए वह इमारत के पीछे के हिस्से की ओर चला गया।

उसी वक़्त मेरी नजर एक बिल्ली पर पड़ी।

वह एक बड़ी सी बिल्ली थी जो कि फायर प्लेस के पास में इस तरह बैठी थी, मानो कि वह आग के जलने का इंतजार कर रही हो। मैंने उसे कमरे में दाखिल होते हुए नहीं देखा था, और उसने भी मेरी ओर गौर नहीं किया, बस वह एकटक फायर प्लेस को ही घूरती रही। फिर, जब उसने चौकीदार के वापस आने की आहट सुनी, तो वह वहां से उठी और कमरे से बाहर चली गयी।

जब चौकीदार आग जला रहा था तो मैंने उससे बातचीत का सिलसिला बनाने की कोशिश करते हुए पूछा। 'क्या तुम्हारे पास एक बिल्ली है?'

उसने अपने सिर को हिलाते हुए जवाब दिया, 'बिल्ली चूहों के लिए आती है।' उसके जवाब को सुनकर मैं कुछ भी नहीं समझ पाया। और इसके बाद वह वहां से अगले दिन सुबह के वक़्त जल्दी एक प्याला चाय लेकर आने का वायदा करके चला गया। कमरे के एक कोने में एक छोटी सी बुकशेल्फ थी, और उस शेल्फ में मुझे एम.आर. जेम्स द्वारा लिखित एक पुरानी पर मेरी पसंदीदा किताब 'ए वार्निंग टू द क्यूरियस' मिली। इसकी कहानियां डरावनी थी जिसका संबंध एक पुराने कॉलेज में भूतों से था, इसे पढ़ते हुए मैं काफी देर तक जगता रहा; फिर मैंने लाइट को बुझा दिया और बिस्तर पर लेट गया।

इस बीच, मैं बिल्ली के बारे में पूरी तरह से भूल गया था।

इसी दौरान जैसे ही बिल्ली बिस्तर पर कूदी, मुझे हल्की सी म्याऊं की आवाज सुनाई पड़ी और वह बिल्ली मेरे पैरों में आकर लिपट गयी। मुझे बिल्लियों से कोई खास लगाव नहीं था इसलिए मैंने सबसे पहले उसे लात से मारकर बिस्तर से गिराने का मन बनाया। लेकिन अगले ही पल मैंने सोचा कि शायद इसे इस कमरे में, और खासतौर पर जलती हुई आग के पास सोने की आदत होगी। मैने तय किया कि मैं इसे तब

तक यहाँ पर रहने दूंगा जब तक कि यह आधी रात में चूहों का पीछा करना शुरू न कर दे! थोड़ी ही देर में यह बिल्ली मेरे पैर से घुटनों की तरफ बढ़ते हुए मेरे करीब आने लगी, साथ ही अपनी संतुष्टि को दर्शाने के लिए वह म्याऊँ-म्याऊँ करने लगी।

थोड़ी ही देर में मुझे नींद आ गई और मैं गहरी नींद में सो गया। मैं कुछ घंटे ही सोया होउंगा कि अचानक मुझे बगल में गीलापन महसूस हुआ और मैं उठ गया। मैने पाया कि मेरी बनियान गीली थी और कोई चीज मेरे शरीर के मांस को चूस रही थी।

डर के भाव के साथ मुझे एहसास हुआ कि बिल्ली रेंगते हुए मेरे बिस्तर में घुस गयी थी और अब वह मेरे बगल के पास पसर कर मेरे बगल को स्वाद लेकर चाट रही थी। अब तक उसकी म्याऊँ-म्याऊँ की गड़गड़ाहट पहले से कहीं ज्यादा तेज हो गयी थी।

मैं तुरंत बिस्तर में उठ कर बैठ गया और बिल्ली को अपने से दूर फेंका, और फिर तुरंत मैं लाइट जलाने स्विच की तरफ लपका। फिर जैसे ही लाइट जली, मैने देखा कि बिल्ली बिस्तर के नीचे खड़ी थी, उसकी पूंछ सीधी थी और बाल फैले हुए थे। वह बहुत गुस्से में दिखाई पड़ रही थी। और फिर, ज्यादा से ज्यादा पांच सेकंड के अंतराल में, उसका रूप बदल गया, और अब उसका सिर इंसान का हो गया था। वह एक औरत में तब्दील हो गयी, उसकी काली भौहें, चमकदार नाक, और कान बड़े-बड़े और टेढ़े-मेढ़े थे, उसके होंठ मेरे खून से भरे हुए थे और भीगे थे।

लेकिन दूसरे ही पल वह फिर से एक बिल्ली के सिर में परिवर्तित हो गयी। उसने जोर से चिल्लाते हुए बिस्तर से उछाल मारी और फिर बाथरूम के दरवाजे के रास्ते से गायब हो गयी।

मेरी शर्ट और बनियान खून से लथपथ थी। एक घंटे से भी ज्यादा वक़्त तक वह बिल्ली मेरी नाजुक त्वचा को चाटती और चूसती रही। उसने उस वक़्त तक चूसना, नोचना जारी रखा जब तक कि मेरे बगल से खून नहीं बहने लगा। वह क्या थी; बिल्ली, या पिशाच या फिर चुड़ैलों का भूत? या तीनों का मिश्रण। यह बताना मुश्किल था।

मैं बाथरूम में गया। बिल्ली खुली खिड़की से जा चुकी थी। मैंने खिड़की को बंद किया, अपने घाव को धोया और फिर मैंने शीशे में खुद को देखा।

मैंने पाया कि उसने मुझे काटा नहीं था। मेरे शरीर में कहीं पर भी न तो दांत के निशान थे और न खरोंचे ही दिखाई पड़ रही थी। दरअसल जीभ से लगातार चाटने से घाव हो गया था।

मुझे अपने थैलें में कुछ रुई मिल गयी, जिसका इस्तेमाल मैंने अपने बगल से बहते हुए खून को रोकने के लिए किया। इसके बाद मैने अपनी बनियान और शर्ट को बदला और फिर आरामदायक चेयर पर बैठकर सुबह होने का इंतजार करने लगा। सुबह के तीन बज चुके थे। मुझे कमजोरी महसूस होने लगी थी और मैं अपनी कुर्सी पर ही उस वक्त तक सोता रहा, जब तक कि सुबह चौकीदार ने चाय लेकर मेरे दरवाजे को नहीं खटखटाया। उसकी आवाज सुनकर मेरी नींद खुली।

चकराता एक खूबसूरत हिल स्टेशन है, निश्चित रूप से दूसरे हिल स्टेशन से कहीं ज्यादा खूबसूरत, लेकिन वहां रुकने की मेरी कोई इच्छा नहीं थी। आठ बजे वहां से देहरादून के लिए बस जाती थी। मैने अपने ट्रेक को कम करने का फैसला किया, और बस में सवार हो गया।

'तुम्हारी बिल्ली कहाँ है?' मैने उस जगह को छोड़ने से पहले चौकीदार से पूछा। पर उसे बिल्ली के बारे में कुछ भी नहीं पता था। उसे बिल्लियों की कोई परवाह नहीं थी। उसके अनुसार बिल्लियाँ- अभागी, दुष्टात्माओं की साथी, मृत लोक की प्राणी होती है।

मैं वहां उससे बहस करने के लिए नहीं रुका, लेकिन हाँ मैंने उसे उसके द्वारा दिए गए सत्कार के लिए धन्यवाद दिया और निकल पड़ा।

आप कह सकते कि उन घावों को भरने में कुछ वक्त लगा होगा। कुछ हफ्तों तक मेरे बगल के नीचे की त्वचा पपड़ी की तरह जमी रही, लेकिन अगर घाव को भरने का मौका दिया जाये तो वह अपने आप ठीक हो जाता है।

लेकिन मेरी त्वचा पर एक चमकीले लाल रंग का निशान बचा रह गया, जो कि बिल्ली की जीभ के साइज का था। और आज जब इस

घटना को इतने वर्ष बीत चुके है तब भी वह निशान मौजूद है, मिटा नहीं है। अगली बार जब भी आप मुझे मिलेंगे तो मैं उस निशान को आपको जरूर दिखाऊंगा।

शिमला में खेल का मैदान

बारह वर्ष के लड़के के लिए सर्दी की छुट्टियाँ उसको अकेलेपन का एहसास दिला रही थी। दरअसल, दो वर्ष पहले मेरे पिता जी की असामयिक मौत हुई थी जिससे मैं उबर नहीं पाया था; और न ही मैं अभी तक अपनी माँ की उस पंजाबी सज्जन, जो सेकंड हैण्ड कारों का कारोबार करता था, से की गयी शादी से ही उभर पाया था। तीन महीनों की सर्दियों की छुट्टियाँ खत्म होने के बाद, मैं शिमला स्थित अपने बोर्डिंग स्कूल वापस जाने के लिए लालयित था। यह वही खूबसूरत हिल स्टेशन था, जिसके बारे में कहानीकार और कवि रुडयार्ड किपलिंग ने अपने आलेखों में बहुत कुछ कहा था। लेकिन जल्द ही भारत में ब्रिटिश राज की राजधानी के रूप में शिमला का अस्तित्व खत्म होने की कगार पर था।

ऐसा नहीं था कि स्कूल में मेरे बहुत से दोस्त थे। मैं हमेशा से ही थोड़ा बहुत अपने आपको सिकुड़ा, शर्मीला और संकोची महसूस करता रहा हूँ। मैं एक ऐसा लड़का रहा जिसे सिर्फ और सिर्फ अपने पिता को आर.ए.एफ. में काम के दौरान मिली थोड़े वक़्त की छुट्टीयों का बेसब्री से इंतजार रहता था, और किस तरह से दिल्ली या कराची के बाहर बने टेंट या वायु सेना बैरक को उनके साथ साँझा करने का भी इंतजार रहता था। निश्चित रूप से वे अस्तव्यस्त, लेकिन खुशी से भरे दिन फिर कभी दोबारा नहीं आयेंगे। मुझे एक दोस्त की दरकार थी लेकिन चौथी क्लास के पुराने उपद्रवियों, लड़ाकू जो कि डेस्क पर अपना नाम लिखते थे और क्लास टीचर की कुर्सी पर च्यूइंगम चिपका देते थे, के बीच से किसी एक को अपना दोस्त बनाना आसान नहीं था। यदि मैं दूसरे बच्चों के साथ बड़ा होता, तो शायद मेरे अंदर भी उन स्कूली

बच्चों की तरह अराजकता का फितूर चढ़ जाता; लेकिन, मेरी माँ के द्वारा मेरे पिता को छोड़ने के बाद मैं अपने पिता का अकेलापन बाँटने में इतना मग्न हो गया कि मैं वक्त से पहले ही बड़ा हो गया। शायद डिकेंस, रिचमल क्रॉम्पटन, टैगोर और *चैंपियन और फिल्म फन कॉमिक्स* जैसी किताबें पढ़ने की मेरी आदत भी मेरे जीवन की भ्रमित स्थिति को दर्शाती है। उस दौर में जब इलेक्ट्रॉनिक का विस्तार नहीं हुआ था, तब भी किताब पढ़ने वाले यदा-कदा ही पाए जाते थे। बरसात के दिनों में ज्यादातर लड़के ताश या मोनोपोली (बोर्ड गेम जिसमें खिलाड़ी व्यापार और संपत्ति में एकाधिकार का खेल) खेलते थे, या कॉमन रूम में बंद पड़े ग्रामोफोन पर आर्टी शॉ को सुना करते थे।

चौथी कक्षा में एक महीना बीतने के बाद मेरी नजर एक नए लड़के, उमर पर पड़ी, और वह भी इसलिए क्योंकि वह बिलकुल मौनी बाबा की तरह एक शांत बच्चा था जो सर्कस में मार्क्स बंधुओं की नकल करने के लिए किए जाने वाले उग्र प्रयासों में कोई हिस्सेदारी नहीं करता था। वह न तो व्याप्त अराजकता पर कोई गुस्सा दिखाता था और न ही उनमें भाग ही लिया करता था। एक बार उसने मुझे अपनी ओर देखते हुए देख लिया, और उदासी से भरकर, सहनशीलता के साथ मुस्कुरा दिया। क्या मुझे कक्षा के अंदर एक और व्यस्क बच्चे के होने का आभास हुआ? एक ऐसा बच्चा जो अपनी उम्र से थोड़ा बड़ा होने का एहसास दिला रहा था।

इससे पहले कि हम एक-दूसरे से बातचीत करना शुरू करते, हम दोनों के बीच एक समझ विकसित हो गयी, और जब हम दोनों कक्षा के गलियारों में या डाइनिंग हॉल या फिर छात्रावास में मिलते थे, तो हम लगभग एक साथ एक-दूसरे को सम्मान देते हुए सिर हिलाते थे। हम दोनों एक हाउस में नहीं थे। हाउस सिस्टम अपने आप में नस्ल भेदी का तरीका था, जहाँ पर मान लीजिये कि एक सदस्य जो कर्जन हाउस का था, उसकी रिवाज या लेफ्रॉय हाउस के किसी भी सदस्य के साथ भाईचारे या मित्रता की उम्मीद नहीं होती थी! वाकई ये पब्लिक स्कूल अच्छी तरह से जानते थे कि कैसे आपको डिब्बों में जकड़ना हैं।

हालाँकि, यह बाधाएं उस वक़्त गायब हो गयी जब उमर और मुझे स्कूल कोल्ट की हॉकी टीम के लिए चुना गया। उस टीम में उमर फुलबैक के रूप में था और मैं गोलकीपर चुना गया था। मुझे लगता है कि मेरे स्वभाव के नजरिए से रक्षात्मक पोजीशन मेरे लिए ज्यादा उपयुक्त थी। मुझे यहाँ पूरी विनम्रता के साथ कहना होगा कि मैं हॉकी और फुटबॉल दोनों खेलों में ही एक अच्छा गोलकीपर साबित हुआ। और अब पचास साल बीत जाने के बाद, आज भी मैं गोल बचा रहा हूँ। उस वक़्त में, मैं यह काम गोलपोस्ट पर किया करता था, और अब मुझे इसे मैदान के बाहर अपने परिवार की रक्षा के लिए करना पड़ता है, और एक लेखक के रूप में अपनी आजाद सोच की रक्षा में उतरकर...

अब मौनी बाबा, उमर मुझसे कभी-कभार बात कर लिया करता था, और हम दोनों के बीच खेल के मैदान में बड़ा अच्छा तालमेल था। गोलकीपर और फुलबैक खिलाड़ी के बीच एक अच्छी समझ की जरूरत होती है। हम दोनों का एक ही तरह का रुझान था। मैं उसकी चाल का अनुमान लगा लिया करता था और वह मेरी चाल से अच्छी तरह वाकिफ था। वर्षों बाद, जब मैंने कॉनराड की द सीक्रेट शेयर पढ़ी, तो उस वक़्त मुझे उमर का ख्याल आया।

हमारी दोस्ती उस वक़्त तक परवान नहीं चढ़ पाई जब तक कि हम स्कूल, क्लास और डाइनिंग हॉल के घेरे से दूर नहीं हुए। हमारी हॉकी टीम को अगले पर्वत श्रृंखला पर बसे सनावर जाना था, जहाँ पर हमें अपने पुराने प्रतिद्वंदियों, लॉरेंस रॉयल मिलिट्री स्कूल के खिलाफ कुछ मैच खेलने थे। यह मेरे पिता जी का पुराना स्कूल था, लेकिन मुझे इस बात की कोई जानकारी नहीं थी कि उनके दौर में यह स्कूल एक सैन्य अनाथालय भी था। किपलिंग के मुलवेनी, ओथेरिस और लेरॉयड जैसे निजी सैनिकों की तरह, मेरे दादाजी भी एक निजी सैनिक थे जो सत्रह साल की उम्र में घर छोड़ने के बाद स्कॉटिश राइफल्स में शामिल हो गए थे। उनकी मृत्यु उस वक़्त हुई जब उनके बच्चे बहुत छोटे थे, चूंकि मेरे पिता जी ने बेहतर शिक्षा हासिल की जिसके चलते वह एक सक्षम अधिकारी बन गए।

सनावर की यात्रा के दौरान, उमर और मैंने काफी वक्त एक-दूसरे के साथ बिताया, और वहां छात्र की तरह नहीं बल्कि मेहमान की तरह किसी भी तरह की स्कूली बाधा के बगैर घूमते हुए फुर्सत के क्षणों में, हम दोनों ने अपने जीवन के अतीत और दूसरे तरह के विश्वास से जुड़ी किस्से कहानियों को एक दूसरे के साथ साझा किया। उमर के पिता की मौत हो चुकी थी, पर क्या मुझे पहले ही इस बात का एहसास हो गया था? उसके पिता को युद्ध के मैदान में किसी आदिवासी ने मुठभेड़ के दौरान गोली मार दी थी। बताया जाता है कि वह पेशावर से परे किसी अवैध जमीन का रहने वाला था। उमर की शिक्षा का सारा खर्च उसके एक अमीर चाचा कर रहे थे। जिस तरह मेरे पिता की मृत्यु के बाद आर.ए.एफ. ने मेरी जिम्मेदारी ली हुई थी।

हम वहां पर स्कूल की चप्पल में घूमते रहते थे, और वहां मैने अपने पिता का नाम, ऐ.ऐ. बांड को स्कूल के रोल ऑफ ऑनर पर लिखा पाया। इस बोर्ड पर उन पुराने लड़कों का नाम लिखा हुआ था जिन्होंने दूसरे विश्व युद्ध के दौरान सेवा करते हुए अपनी जान गंवा दी थी।

उमर ने पूछा, 'उसके शुरुआती अक्षर यानि ऐ। ऐ। क्या दर्शाते हैं?'

'ऑब्रे अलेक्सेंडर।'

बिलकुल तुम्हारे जैसा बहुत ही अजीबो-गरीब नाम। तुम्हारे माता-पिता तुम्हे रस्किन कहकर क्यों पुकारते थे?

'मुझे नहीं पता। शायद मेरे पिता को जॉन रस्किन, जो कला और वास्तुकला जैसे गंभीर विषयों पर लिखा करते थे, की रचनाएँ बहुत पसंद थी। शायद इसी लिए उन्होंने मेरा नाम रस्किन रखा होगा। पर मुझे लगता है कि शायद ही कोई उन्हें अब पढ़ता होगा। हालाँकि, वे मुझे पढ़ेंगे!' अब तक मैने अपनी पहली किताब लिखनी शुरू कर दी थी। उस किताब का नाम नाइन मंथ्स था, यह नाम किसी गर्भावस्था से नहीं जुड़ा था बल्कि मेरे स्कूल की अवधि से जुड़ा हुआ था। और इस किताब में स्कूल में होने वाली कुछ घटनाओं को विस्तृत रूप से बताया गया था। और कुछ एक शिक्षकों की हंसी भी उड़ाई गयी थी। मैने वक्त से पहले लिखे गए इस साहित्यक प्रोजेक्ट को पूरा करने में

तीन पतली नोट बुक को भर डाला था। और मैने इन नोट बुक को पढ़ने की उमर को अनुमति दी थी। उमर मेरे द्वारा लिखी गयी रचना का पहला पाठक और आलोचक रहा होगा। उमर ने कहा, 'यह काफी दिलचस्प है, लेकिन अगर यह किसी के हाथ लग गयी तो तुम मुसीबत में पड़ जाओगे। खासतौर से, श्रीमान ओलिवर के।' और फिर उसने उस रचना में लिखी एक आपत्तिजनक कविता को पढ़ाः

ओली, ओली, ओली, अपनी गेंदों को लेकर बैठा ट्रोली,
और रंग गया पिछवाड़ा उसका, हरे रंग में!

मुझे स्वीकारना पड़ा कि यह कोई महान साहित्य नहीं था। मैं हॉकी और फूटबॉल में कहीं बेहतर था। मैने कुछ शानदार गोल होने से रोके हैं, और हम सनावर के खिलाफ खेले गए मैचों को जीत गए। जब हम शिमला लौटे, तो कुछ दिनों के लिए हम स्कूल के हीरो थे और हमारी बहुत हद तक बात करने की झिझक भी खत्म हो गयी; अब हम दूसरे लड़कों से कहीं ज्यादा बातूनी हों गए थे। और फिर एक दिन मेरे हाउस मास्टर, मिस्टर फिशर को मेरे गद्दे के नीचे से मेरी साहित्य रचना, नाइन मंथ्स मिल गयी। वह उस रचना को ले गए, और फिर जैसा कि उन्होंने मुझे बताया कि उन्होंने उसको शुरू से अंत तक पढ़ा। उस दौर में शारीरिक दंड का चलन था, मुझे मलक्का के स्प्रिंग बेंत से जबरदस्त तरीके से छः बेंत पड़े। और मेरी पांडुलिपि को फाड़ कर फिशर के रद्दी के टोकरे में फेंक दिया गया। अब मेरे पास अपने प्रयासों को दिखाने के लिए पिछवाड़े पर बैंगनी निशान थे। इन निशानों को उन तमाम लोगों को दिखाया गया जिन्हें इन निशानों को देखने में दिलचस्पी थी और इस तरह मैं अगले दो और दिनों के लिए हीरो बन गया।

एक दिन उमर ने मुझसे पूछा, 'ब्रिटिश के भारत छोड़ने के साथ क्या तुम यहाँ से चले जाओगे?'

मैने कहा, 'मुझे नहीं लगता! मेरे सौतेले पिता एक भारतीय हैं।'

'सभी लोग कह रहे है कि हमारे लीडर और ब्रिटिश, देश को बाँट देंगे। शिमला भारत में रहेगा और पेशावर पाकिस्तान में चला जायेगा!'

मैंने सहजता से कहा, 'ओह, ऐसा नहीं होगा, आखिर कैसे वे इतने बड़े देश को बाँट सकते हैं?' लेकिन जब हम संभावना के बारे में बात कर रहे थे, उस वक़्त नेहरु, जिन्ना और माउंटबेटन और वे सभी जिनका इससे ताल्लुक था, देश को बाँटने के लिए अपने-अपने हथियारों पर धार लगा रहे थे।

इससे पहले कि उनका निर्णय, हमारी और बाकी सभी की जिंदगियों पर असर डालता, हमने अपनी खुद की आजादी को एक भूमिगत सुरंग में हासिल किया, जिसे हमने तीसरे फ्लैट के नीचे पाया था।

यह सुरंग वास्तव में, एक पुरानी, अनुपयोगी नाले का हिस्सा थी, और जब मैंने और उमर ने उस नाले को खोजा तो उस वक़्त हमें बिलकुल भी यह अंदाजा नहीं था कि यह नाला इतनी दूर तक फैला हुआ होगा। लगभग बीस फीट तक अपने पेट के बल रेंगने के बाद, हमने खुद को गहरे अंधेरे में पाया। उमर अपने साथ एक छोटी पेंसिल नुमा टॉर्च लेकर आया था और हम दोनों उस टॉर्च की मदद से तब तक आगे बढ़ते रहे (पीछे की ओर जाना काफी असंभव था) जब तक कि हमें सुरंग के अंत में रोशनी की किरण दिखाई नहीं दी। आखिरकार धूल और दुर्गन्ध से भरे, मैले-कुचेले उस नाले से निकलकर हम स्कूल की बाउंड्री से कुछ दूर, एक घास से भरे टीले पर पहुँच गए।

जिन दीवारों को बुजुर्गों ने बनवाया है, हमेशा उन्हें फांद कर भागना बहुत रोमांचित करता है। इस वक़्त हम एक अनजान जगह पर थे। एक ऐसी जगह जहाँ से बिना पासपोर्ट के यात्रा करने का मतलब था कि हमेशा के लिए आजादी!

लेकिन बहुत जल्द उनकी जिंदगियों में बहुत से पासपोर्ट और सीमाएं राह तक रहीं थीं।

लॉर्ड माउंटबेटन, वायसराय और भावी गवर्नर-जनरल, हमारे स्कूल के स्थापना दिवस पर आये और उन्होंने हम बच्चों को पुरस्कार वितरित किए। मुझे भी किसी न किसी चीज के लिए पुरस्कार मिला, और फिर उस पिनधारी सूट में सजे लम्बे-चौड़े, सुंदर आदमी के हाथों से अपनी किताब प्राप्त करने के लिए मैं मंच पर चढ़ा। उस वक़्त बिशप कॉटन

स्कूल भारत के चुनिंदा स्कूलों में शुमार हुआ करता था, जिसे अक्सर 'पूर्व का एटन' कह कर पुकारा जाता था। वायसराय और गवर्नर इस स्कूल की शोभा बढ़ाते थे। इस स्कूल में पढने वाले कई लड़के सिविल सेवाओं और सशस्त्र बलों में भर्ती हुए थे। जनरल डायर भी इसी स्कूल का ही एक 'पुराना लड़का' था जिसने अमृतसर में नरसंहार का आदेश दिया था और ब्रिटेन और भारत के बीच बन रहे विश्वास को नेस्तनाबूद कर दिया था। अब वे इस लड़के के बारे में किसी भी तरह की बात नहीं करते थे, बिलकुल चुप्पी साध ली थी।

अब माउंटबेटन ने उन महत्वपूर्ण घटनाओं के बारे में बोलना शुरू किया जो हमारे इर्द-गिर्द घट रही थी, जैसे कि वह युद्ध जो अब समाप्ति पर था, संयुक्त राष्ट्र ने विश्व को शांति और सद्भाव की ओर ले जाने का वादा किया था, और यह भी बताया था कि भारत विश्व के महान देशों में गिना जायेगा और ब्रिटेन का बराबर का पार्टनर होगा।

और फिर कुछ हफ्ते बाद ही, बंगाल और पंजाब राज्यों को तोड़ दिया गया। और जिसके कारण पूरा उत्तर भारत भयानक दंगों की चपेट में जल उठा। पाकिस्तान और भारत की बनी नई सीमाओं को पार करके आने और जाने वाले लोगों का भारी संख्या में सामूहिक पलायन हुआ। लोगों के घर नेस्तनाबूद हुए और हजारों की संख्या में लोग मारे गए।

कॉमन रूम में रखा रेडियो और कभी-कभार आने वाला अखबार हम लोगों को हो रही घटनाओं से रूबरू कराता रहता था, लेकिन मैं और उमर हो रही लूटपाट, हत्या और बदले की घटनाओं से बहुत दूर अपनी सुरंग में कहीं ज्यादा सुरक्षित महसूस किया करते थे। और सुरंग के बाहर, स्कूल से नीचे की तरफ, देवदार के टीले पर अनियंत्रित फैली हुई ताजी घास थी, जिस पर दूब और डेजी फूल भी खिले हुए थे। उस शोर-गुल से दूर स्थित इस जगह पर आवाज के नाम पर केवल कठफोड़वा के हथौड़े मारने की आवाज थी, और कहीं दूर से हिमालयी बार्बेट की लगातार आवाज सुनाई पड़ रही थी। हमने सोचा कि भला हमें वहाँ कौन छू सकता है?

मैने कहा, 'और जब युद्ध खत्म हो जायेगा, तब भी तितली ऐसी ही खूबसूरत दिखाई पड़ेगी।'

उमर ने पूछा, 'क्या तुमने ऐसा कुछ कहीं पढ़ा था?'

'नहीं, बस ऐसे ही मैने सोचा।'

'अब तो वैसे भी तुम एक लेखक हो गए हो।'

मैने जवाब दिया, 'नहीं, मैं भारत के लिए हॉकी या आर्सेनल के लिए फुटबॉल खेलना चाहता हूं। सिर्फ विजेता टीम के लिए!'

उमर ने कहा, 'तुम हमेशा ही नहीं जीत सकते हो। इसलिए बेहतर होगा कि तुम लेखक बनो।'

जब मानसून का आगमन हुआ, तो सुरंग पानी से भर गयी थी और नाला मलबे से भर गया। फिर एक दिन हमें लॉरेंस ओलिवियर के सिनेमा हैमलेट को सिनेमाघर में देखने की अनुमति मिली। यह एक ऐसी फिल्म थी जिसमें उदास और भीगी दोपहर में हमारे उत्साह को बढ़ाने के लिए ऐसा कुछ भी नहीं था। लेकिन यह उस वर्ष में देखा जाने वाला हमारा आखिरी सिनेमा था, क्योंकि इसके तुरन्त बाद ही शिमला के लोअर बाजार में अचानक सांप्रदायिक दंगे भड़क गए थे। यह जगह अभी भी वैसी ही थी जैसा कि किपलिंग ने अपने साहित्य में वर्णित किया था। उन्होंने इस जगह के बारे में बताते हुए कहा था कि जो व्यक्ति इस जगह के रास्ते से वाकिफ है, वह भारत की ग्रीष्मकालीन राजधानी की सभी पुलिस को चुनौती दे सकता है। खैर इस दंगे के कारण हमें अनिश्चित दौर के लिए स्कूल के अंदर ही सीमित होकर रहना पड़ा।

एक सुबह गिरजाघर में प्रार्थना होने के बाद, हेडमास्टर ने घोषणा की कि वह मुस्लिम लड़के जिनके घर अब पाकिस्तान में हैं उनको हॉस्टल खाली करना होगा, और उन्हें एक सशस्त्र काफिले के साथ सीमा पार उनके घरों में भेजा जायेगा।

सुरंग अब हमारे बचने का कोई रास्ता नहीं थी। बाजार हमारी पहुँच से दूर था। पानी से भरा खेल का मैदान वीरान हो गया था। और उमर और मैं एक भीगी हुई लकड़ी की बेंच पर बैठ गए और थोड़ी उम्मीद के साथ भविष्य के बारे में बात करने लगे; हालाँकि इससे हमारी किसी

भी समस्या का हल नहीं हो सका। दरअसल, सारा का सारा समाधान तो माउंटबेटन और नेहरू तथा जिन्ना ही कर रहे थे।

जल्दी ही उमर का कुछ पचास दूसरे बच्चों के साथ जो कि लाहौर, पिंडी और पेशावर के थे, हम सब को छोड़ कर जाने का वक़्त आ गया। हममें से बाकी लोग जो हिंदू, ईसाई, पारसी समुदाय से थे, उन्होंने वहां पर खड़े ट्रकों में उनका सामान लादने में उनकी मदद की। कुछ लड़के फूट-फूट कर रोने लगे। हमें छोड़ कर जाने वाला स्कूल कप्तान, जो कि पठान था और अपने उदासीन और भावहीन आचरण के लिए जाता था, वह भी रोने लगा। उमर ने खुशी-खुशी मेरी ओर हाथ हिलाया और बदले में मैंने भी वापस हाथ हिलाया। दरअसल हमने एक दूसरे से वादा किया था कि हम किसी दिन फिर मिलेंगे।

स्कूल के बच्चों को सशस्त्र सेना की निगरानी में काफी सुरक्षित तरीके से निकाला गया। केवल एक ही हताहत हुआ था, और वह हमारे स्कूल का रसोइयाँ था, जो कालका शहर में अनजान जगह पर भटक गया था और भीड़ ने उस पर हमला कर दिया था। फिर वह कभी भी दोबारा नहीं दिखाई दिया।

साल के अंत में जब सभी स्कूल की छुट्टी पड़ने वाली थी और हम सब वाहन से निकलने की तैयारी कर रहे थे, तब मुझे उमर का एक खत मिला। उसने उस खत के जरिये मुझे अपने नए स्कूल के बारे में बताया, और यह भी बताया कि वह कैसे मेरे साथ बिताये गए दिनों, खेलों और सुरंग में बिताये गए आजादी के उन पलों को याद करता है। मैने खत का जवाब दिया और उसे अपने घर का पता भेजा, लेकिन उस खत के बाद दोबारा उससे कोई खत नहीं मिला। हालाँकि जमीन बँटी हुई, और अब भी बड़ी थी और हम उसकी तुलना में बहुत छोटे थे।

लगभग सत्रह या अठारह सालों के बाद मुझे उमर के बारे में खबर मिली, लेकिन एक बिलकुल अलग ही संदर्भ में। भारत और पाकिस्तान के बीच युद्ध का दौर था और पता चला कि शिमला से कुछ दूरी पर अंबाला में बमबारी की कार्यवाही के दौरान एक पाकिस्तानी विमान को

मार गिराया गया। उस दुर्घटना में उस विमान को चला रहे चालक दल की मृत्यु हो गई थी। बाद में मुझे पता चला कि उस चालक दल में उमर भी शामिल था।

मुझे आश्चर्य हुआ कि क्या वह वही लड़का था जिसको हमने खेल के मैदानों में देखा था और हम उसे अच्छी तरह से जानते थे?

शायद जब वह तलहटी के ऊपर से उड़ान भर रहा होगा तब उसके स्कूल के दिनों की यादें ताजा हो गयीं होंगी। या फिर शायद उसे वह सुरंग याद आ गयी होगी जिसके चलते हम थोड़ा बहुत आजादी को अपने लिए बचाने में सफल हो गए थे।

लेकिन यह भी सच है कि आसमान में कोई सुरंगें नहीं होतीं है।

कभी-कभी स्कूल मस्ती का अड्डा लगता था

स्कूल के दिन हमेशा ही मस्ती भरे नहीं होते हैं, लेकिन कई बार ऐसा भी होता था जब मुझे बोर्डिंग स्कूल में रहना अच्छा लगता था, और मैं अब सोचता हूँ कि गुजारा गया अच्छा वक़्त स्कूल के रोजमर्रा की थकान भरी जिन्दगी को भी खुशगवार बना देता है।

स्कूल के द्वारा कराए गए नाटकों में अभिनय करना, शायद सबसे मजेदार हुआ करता था। यहाँ तक कि रिहर्सल करना भी अपने-आप में बहुत मजेदार चीज थी। ऐसा करने का मतलब था कि शाम वाले पाली में अनिवार्य अध्ययन से बच जाना, या रात में खाने के बाद सामान्य से कुछ ज्यादा वक़्त के लिए जागे रहना, ये सभी शामिल था। मैं एक अच्छा अभिनेता था, और मुझे अक्सर 'चरित्र' वाले रोल दिये जाते थे, जैसे कि एक शराबी नाविक या एक हास्यपूर्ण फार्महैंड। मैं इन भूमिकाओं का लुत्फ लिया करता था और अक्सर अपना पसंदीदा गाना गाकर अपनी डारमेट्री में रहने वाले लड़कों को जगाए रखता था:

ओह, हम एक शराबी नाविक के साथ क्या करें,
सुबह सवेरे?
उसको टब में डालकर और फिर उसे खूब भीगायें,
सुबह सवेरे!

इस तरह के बेतुके गाने के बाद डारमेट्री के सभी लड़के मुझे खामोश न रहने की एवज में पूरी तरह भीगाने की चेतावनी दे दिया करते थे, लेकिन मैं अपने आपको को इस तरह की परिस्थितियों से बचाने में माहिर था।

इस नाटक का नाम बॉरोएड प्लम्स था। यह एक एकांकी स्वांग था, और इसमें मुझे कोंकणी लहजे का इस्तेमाल करना था और शराब की बोतल से 'व्हिस्की' को काफी वक़्त तक गटकते हुए बिताना था। वास्तव में, नाटक में बतौर विस्की इस्तेमाल में लिया गया पदार्थ, बिना दूध या चीनी की, सिर्फ एक सादी चाय थी। और इसे तीन शाम तक गटकने के बाद, मैने फिर चाय को कभी न छूने का संकल्प ले लिया!

इस भूमिका को करने के लिए मुझे नकली दाढ़ी भी लगानी पड़ी। जिस शिक्षक के पास मेकअप करने की जिम्मेदारी थी, उसने दाढ़ी को ठीक तरीके से नहीं लगाया, जिसके कारण फाइनल प्रदर्शन में मुझे ज्यादातर वक़्त दाढ़ी को निकलने से बचाने का अथक प्रयास करना पड़ा। लेकिन दर्शकों को लगा कि ऐसा करना नाटक का ही हिस्सा था, और इस लिए इस भूमिका को इतने सरल और स्वाभाविक अंदाज में निभाने के लिए मुझे सर्वश्रेष्ठ अभिनेता चुना गया।

मैंने स्कूल में और किस चीज का आनंद लिया?

मुझे लम्बी या छोटी रेस से कोई मतलब नहीं था, पर हाँ, मैं हॉकी, फुटबॉल और क्रिकेट जैसे खेल खेला करता था।

मैंने स्कूल की क्रिकेट एकादश में जगह बनाने का प्रयास किया, लेकिन कुछ अजीब कारण के चलते मुझे हमेशा टीम का 'बारहवां खिलाड़ी' बनाया गया। और इसलिए मुझे फील्ड में जलपान लेकर जाना होता था या फिर जब कोई स्टार बल्लेबाज अस्वस्थ होता था तो मुझे उसके बदले में क्षेत्ररक्षण करना पड़ता था। लेकिन एक दिन मैंने अपना बदला ले लिया। ऐसा हुआ कि एक इन्टर स्कूल मैच के दौरान जब मुझे पवेलियन में जलपान की जिम्मेदारी सौंपी गई, तो मैंने चुपचाप से सभी चिकन सैंडविच डकार लिये। और फिर जब खिलाड़ी चाय के लिए आए तो उन्हें टमाटर के सैंडविच से ही काम चलाना पड़ा।

उस घटना के बाद, मुझे फिर कभी इस काम के उपयुक्त नहीं समझा गया।

लेकिन मैने फुटबॉल के खेल में शानदार प्रदर्शन जारी रखा और तीन सालों तक स्कूल की टीम में गोलकीपर के रूप में अपना स्थान बना

कर रखा। शिमला में पथरीले खेल के मैदानों पर कोई भी अपने घुटनों और कोहनियों की चमड़ी को छिलवाना नहीं चाहता था।

मैं साधारण तौर पर रेस और एथलेटिक्स के प्रति अपनी नापसंदगी का जिक्र पहले ही कर चूका हूँ। इसी नापसंदगी के चलते एक बार मैंने अपने हाउस मास्टर की गर्दन को वहशीपन से फेंके गए डिस्क से लगभग अलग कर दिया था। मेरी मैराथन तो सबसे खराब थी, क्योंकि इस रेस में वाइसरीगल लॉज से छोटा शिमला तक पांच मील का लंबा सफर तय करना होता था और मैं आम तौर पर सबसे आखिर में ही पहुँचता था, ऐसा सिर्फ मेरी सुस्त रफ्तार के कारण ही नहीं होता (जो कि मेरे साथ थी), बल्कि इसलिए देरी से पहुँचता क्योंकि मुझे रास्ते में एक छोटी सी गली मिल गई थी जहाँ पर एक सज्जन टिक्की और समोसा बनाया करते थे। दूसरों की रेस में बराबरी करने के उद्देश्य से साहसिक प्रयास करने से पहले मैं उस जगह पर कुछ खाने के लिए रुक जाया करता था, या यूँ कहा जाये कि कई बार सिर्फ खाने के लिए रुकता था। ऐसा करने से कभी-कभी मैं उनको पकड़ लिया करता था, और इस तरह से उस टिक्की और समोसे से मुझे अतिरिक्त ऊर्जा मिल जाती थी।

निश्चित रूप से, मेरी सबसे पसंदीदा जगह, मेरे स्कूल की लाइब्रेरी थी। और एक दूरदर्शी सीनियर मास्टर, मिस्टर नाइट ने मुझे लाइब्रेरी का प्रभारी बना दिया और उस लाइब्रेरी की चाबियाँ मेरे पास छोड़ दीं थी। क्लास के पूरा हो जाने के बाद, या जब भी मैं खाली होता था, तब मैं लाइब्रेरी में जाकर उन सैकड़ों किताबों के बीच में बैठ जाता था, वहां में उन्हें पढ़ता, व्यवस्थित करता, सूचीबद्ध करता, या बस उनके साथ रहता था। यहां मैंने बहुत से दोस्त बनाये जो ताउम्र बने रहे। और कभी-कभी शाम के वक़्त, जब कमरा धुंधले प्रकाश से भर जाता था तब डिकेंस, बैरी, स्टीवेन्सन और अन्य लोगों के सौम्य भूत किताबों की अलमारियों से निकलते थे, और उस लड़के को, जो खिड़की के पास अकेला बैठ कर लेखक बनने का सपना देखा करता था निहारा करते थे।

एक रूपया जिसने लम्बा सफर तय किया

रणजी के पास एक रुपया का सिक्का था। वह रुपया उसके पास सुबह से पड़ा हुआ था, और अब दोपहर हो चुकी थी, और निश्चित तौर पर इतनी देर तक एक रुपया रखना वाकई काफी बड़ी बात थी। अब वक़्त आ गया था जब वह उन पैसों को, या उसमें से कुछ, या फिर ज्यादातर पैसों को खर्च करें।

रणजी ने अपने दिमाग में उन सभी चीजों की एक सूची बनायीं, जिसे वह खरीदना और खाना चाहता था। लेकिन वह अच्छी तरह से वाकिफ था कि जेब में केवल एक रुपया होने का मतलब यह नहीं था कि सूची बहुत छोटी होगी। इसलिए उसने फैसला किया कि वह अपने पेट की आवाज को अपनी पहली पसंद बनाएगा। इसलिए वह जमना मिठाई की दुकान की ओर गया, और काउंटर पर सिक्के को उछालते हुए एक रुपये की जलेबियाँ देने को कहा। जलेबी, आटे और चीनी से बनी सुनहरी मिठाई होती है जो भारत में बहुत लोकप्रिय हैं।

दुकानदार ने सिक्का उठाया, और उसे ध्यान से जांचा और काउंटर पर रख दिया। उसने कहा, 'यह सिक्का ठीक नहीं है।'

रणजी ने कहा, 'क्या आपको यकीन है?'

दुकानदार ने सिक्का उठाते हुए कहा, 'देखो, इस सिक्के में एक तरफ इंग्लैंड के किंग जॉर्ज की तस्वीर है। यह सिक्का बहुत पहले ही चलन से बाहर हो गया था। यदि यह सिक्का कुछ और पुराना होता जैसे कि क्वीन विक्टोरिया काल का। जब सिक्का चांदी का हुआ करता था, तो यह चांदी की कीमत के बराबर होता, यानि कि इसकी कीमत

एक रूपया से कुछ ज्यादा होती। लेकिन यह चांदी का सिक्का नहीं है। इसलिए, देखो, यह सिक्का इतना पुराना भी नहीं है कि मूल्यवान हो जाये, और इतना नया भी नहीं है कि इससे कुछ खरीदा जा सके।'

रणजी ने सिक्के से लेकर दुकानदार को और कड़ाही में बन रही गर्म जलेबियों तक एक ही कड़ी में देखा। उसने कंधे को उचकाया, और सिक्का लेने के बाद सड़क की ओर मुड़ गया। ऐसे सिक्के के लिए किसी को भी दोषी नहीं ठहराया जा सकता था।

रणजी बाजार में घूमता रहा। उसने बाजार में घूमते हुए गुजरते गुब्बारे वाले आदमी की ओर देखा, जिसके लंबे खंभे पर रंग-बिरंगे गुब्बारे लटके हुए थे। प्रत्येक गुब्बारों की कीमत बीस पैसे की थी, उसने सोचा कि वह एक रुपये के पांच गुब्बारे ले सकता था, लेकिन फिर उसके पास कुछ भी नहीं बचेगा।

उसने कुछ लड़को को कंचे खेलते हुए देखा और सोचने लगा कि क्यों न मुझे भी उनके साथ शामिल हो जाना चाहिये। लेकिन तभी उसे पीछे से कुछ जानी पहचानी आवाज सुनाई पड़ी। 'रणजी, तुम कहाँ जा रहे हो?'

यह आवाज रणजी के दोस्त मोहिंदर सिंह की थी। मोहिंदर की पगड़ी उसके लिए काफी बड़ी थी और ऐसा लग रहा था मानो वह उसके आँखों के ऊपर आ रही थी। उसने एक हाथ में घर में बनी मछली पकड़ने वाली रॉड पकड़ी हुई थी, जिसमें हुक और डोरी भी लगी हुई थी।

रणजी ने कहा, 'मैं तो कहीं नहीं जा रहा हूँ।' 'तुम अपनी सुनाओ?'

मोहिंदर ने जवाब में कहा, 'मैं भी कहीं नहीं जा रहा हूँ, पर हाँ कहीं से आ रहा हूँ।' 'मैं सुबह से नहर में मछली पकड़ रहा था।'

रणजी ने फिशिंग रॉड को घुरा। और पूछा, 'क्या तुम मुझे अपना फिशिंग रॉड दोगे?'

मोहिंदर ने कहा, 'तुम या तो इसे खो दोगे या फिर तोड़ दोगे।' 'लेकिन हाँ मैं इसे तुम्हें बेच सकता हूँ। दो रुपये में मैं इसे तुम्हें दे दूंगा। क्या दो रुपया ज्यादा है?

रणजी ने सिक्का दिखाते हुए कहा, 'मेरे पास एक रूपया हैं, लेकिन वह भी पुराना।' 'मिठाई वाला भी इसे नहीं ले रहा।'

मोहिंदर ने कहा, 'लाओ, मुझे देखने दो।'

वह सिक्का लेकर ऐसे देखने लगा जैसे कि उसे सिक्कों के बारे में सब जानकारी हो। 'ह्म्म्म... कुछ देर देखने के बाद वह बोला, 'मुझे नहीं लगता कि इसकी कीमत ज्यादा है, लेकिन मेरे चाचा पुराने सिक्के इकट्ठा करते हैं। तुम मुझे यह सिक्का दो और मैं इसके बदले में यह फिशिंग रॉड दे दूंगा।'

रणजी ने कहा, 'ठीक है।' ऐसा लगा कि वह इस सौदे से बहुत खुश था। उसने मछली पकड़ने वाली रॉड को लिया, और इसके बाद मोहिंदर को अलविदा कह कर चला गया। कुछ वक़्त के बाद ही, वह शहर से बाहर जाने वाली मुख्य सड़क पर पहुंच गया था।

कुछ वक़्त के बाद एक ट्रक वहां से गुजरा। वह ट्रक नदी के किनारे खदानों की ओर जा रहा था, जहां से उस पर चूना पत्थर लादा जाना था। रणजी उस ट्रक के ड्राइवर को जानता था और इसलिए वह उसे उस वक़्त तक हाथ हिलाता और चिल्लाता रहा जब तक कि उसने ट्रक रोक नहीं दिया।

रणजी ने उससे पूछा, 'क्या तुम मुझे नदी तक ले चलोगे?' मैं वहां मछली पकड़ने जा रहा हूँ।'

चूँकि उस ट्रक में ड्राईवर के बगल में पहले से कोई बैठा था, इसलिए उसने रणजी को पीछे से ऊपर चढ़ जाने को कहा। और साथ ही, किनारे न झुकने की हिदायत भी दी।

रणजी खुले ट्रक के पीछे चढ़ गया। और जल्द ही उसने सड़क को अपने से दूर खिसकता हुआ महसूस किया। अब वे तेजी से बैलगाड़ियों, साइकिल चालकों और ऊंटों की लंबी कतार को पीछे छोड़ते हुए आगे बढ़ते जा रहे थे। दूसरे मोटरों के चालक ट्रक से उड़ती धुल से बचने के लिए हॉर्न बजा रहे थे।

जल्द ही ट्रक नदी के किनारे जाकर रुक गया। रणजी ने ट्रक से नीचे उतरकर ड्राईवर को धन्यवाद दिया और फिर नदी के किनारे चलने

लगा। यह शुष्क मौसम था और नदी में कम और मटमैले पानी की धारा बह रही थी। नदी में छोटी मछलियों के लिए पर्याप्त गहरा पानी नहीं पा सकने के कारण रणजी नदी के ऊपर की और नीचे की तरफ चलता रहा।

वह बुदबुदाया, 'अब मुझे पता चल गया है कि मोहिंदर ने मुझे अपनी रॉड क्यों दी।' और फिर वह अपने कंधे को उचका कर शहर वापस जाने के लिए मुड़ गया।

बाजार वापस जाने की पैदल यात्रा काफी लम्बी और झुलसाने वाली थी। रणजी अपनी मछली पकड़ने वाली रॉड से झाड़ियों को मरते हुए धूल भरी सड़क पर धीरे-धीरे चलता रहा। पेड़ पर पके हुए आम लगे हुए थे, और रणजी ने रॉड की नोक से उनमे से कुछ आमों को तोड़ने की कोशिश की, लेकिन वे आम उसकी पहुँच से बाहर थे। उन आमों को देखकर रणजी के मुँह से लार टपकने लगी और एक बार वह उन जलेबियों के बारे में सोचने लगा जिन्हें वह खरीद नहीं पाया था।

चलते हुए रणजी कुछ बिखरे हुए घरों के पास पहुंचा ही था कि तभी उसने एक नंगे पैर वाले लड़के को बांसुरी बजाते हुए देखा। उस गर्म दोपहर के सन्नाटे में सस्ती बांसुरी की मधुर आवाज गूंज रही थी।

रणजी ने चलना बंद कर दिया। बांसुरी बजाने वाले लड़के ने बांसुरी बजाना बंद कर दिया। वे दोनों एक-दूसरे के सामने खड़े होकर, और एक-दूसरे को तोलने लगे। उस लड़के की नजर मछली पकड़ने वाली रॉड पर थी; वहीं रणजी की नजर उस लड़के की बांसुरी पर थी।

बांसुरी वादक ने पूछा, 'क्या मछली पकड़ने गए थे?'

रणजी ने कहा, 'हाँ।'

'क्या तुमने कुछ मछली पकड़ी भी?'

रणजी बोला, 'नहीं।' 'मैं दरअसल वहां बहुत देर नहीं रुका।'

'क्या तुमने कोई मछली देखी?'

'पानी मटमैला था।'

इसके बाद इन दोनों के बीच एक लम्बी खामोशी छाई रही। फिर रणजी ने कहा, 'यह एक अच्छी रॉड है।'

लड़के ने जवाब में बोला, 'यह एक अच्छी बांसुरी है।'

रणजी ने लड़के के हाथ से बांसुरी ली और उसकी जाँच करने लगा। उसने बांसुरी को अपने होंठों से लगाकर जोर से फूंका। फूंकते ही एक तेज, कर्कश आवाज उसमें से निकली, जिसे सुनकर मैगपाई नामक पक्षी जो आम के पेड़ में बैठा हुआ था, चौंक कर वहाँ से उड़ गया।

रणजी ने कहा, 'आवाज बुरी नहीं है।'

इस बीच उस लड़के ने रणजी से रॉड को ले लिया था, और वह उसको देख रहा था। वह बोला, 'यह रॉड भी बुरी नहीं है।'

रणजी को अब यह कहने में कोई झिझक नहीं हुई कि 'आओ हम आपस में एक दूसरे से बांसुरी और फिशिंग रॉड को बदल लेते है।'

सौदा किया जा चूका था। और अब नंगे पैर वाले लड़के ने मछली पकड़ने वाली रॉड को अपने कंधे पर रखा और रणजी को बांसुरी के साथ छोड़कर अपने रास्ते चल पड़ा। रणजी ने सुर-ताल को ऊपर-नीचे करते हुए बांसुरी को बजाना शुरू कर दिया। उसे अपने द्वारा बजाये जा रहे सुर पसंद आ रहे थे, लेकिन उन सुरों की आवाज से सड़क पर चल रहे राहगीर चौंक गए।

थोड़ी देर बाद रणजी को प्यास लग गयी और उसने सड़क किनारे लगे नल से पानी पी लिया। जब वह घंटाघर जहाँ से बाजार शुरू होता था के पास पहुंचा, तो वह निचली दीवार पर बैठ गया और जोर-जोर से बांसुरी बजाने लगा। कई बच्चे उसके आसपास यह सोचकर इकट्ठा हो गए कि वह कोई सपेरा होगा। लेकिन जब उन्हें वहां कोई सांप नहीं दिखाई दिया तो वे वहां से चले गए।

एक लड़का जो बहुत सारे खाली दूध के कैन ले जा रहा था, बोला, 'इससे कही बेहतर मैं बजा सकता हूँ।'

रणजी बोला, 'आओ देखते है।'

उस लड़के ने बांसुरी को लिया और अपने होंठों पर लगा कर एक मधुर संगीत बजाया।

रणजी ने कहा, तुम इसे एक रुपये में रख सकते हो।'

लड़का बोला, 'मेरे पास एक भी अतिरिक्त पैसा नहीं है।' 'दूध

बाँटने के बाद जो पैसा मुझे मिलता है वह मैं घर ले जाता हूँ। लेकिन मैं तुम्हें यह गले का हार दे सकता हूँ।'

'उसने रणजी को चमकीले रंग के पत्थर का एक खूबसूरत गले का हार दिखाया।

रणजी बोला, 'मैं लड़की नहीं हूँ।'

'मैने कब कहा कि तुम इसे पहनो, तुम इसे अपनी बहन को दे सकते हो।'

'मेरी कोई बहन नहीं है।'

लड़का बोला, 'फिर तुम इसे अपनी माँ को दे सकते हो, या फिर दादी को भी दे सकते हो।' यह पत्थर बेशकीमती हैं। यह तिब्बत के पास पहाड़ों में पाए जाते थे।

रणजी को लालच आ गया। हालाँकि वह यह जानता था कि पत्थरों का मूल्य बहुत कम है, लेकिन वे सुंदर थे, और अब तक वह बांसुरी से थक चूका था।

उन दोनों ने अपनी-अपनी चीजों की अदला-बदली की और फिर लड़का वहां से बांसुरी बजाता हुआ चला गया। इस बीच रणजी हार को बस अपनी जेब में डालने ही वाला था कि उसने देखा कि एक लड़की उसे घूर रही है। वह कोकी थी और वह उसके घर के पास में ही रहती थी।

'हैलो, कोकी,' उसने कहा। अभी भी वह हार को अपने हाथों में पकड़कर अपने आपको बेवकूफ महसूस कर रहा था।

कोकी ने जानने के लिए पूछा, 'तुम्हारे पास क्या है, रणजी?'

रणजी में जवाब में कहा, 'एक हार है, यह सुंदर है ना? क्या तुम इस हार को लेना चाहोगी?'

'ओह, धन्यवाद,' कोकी ने खुशी से ताली बजाते हुए कहा।

रणजी ने कहा, 'यह एक रुपया का है।'

'ओह,' कोकी ने कहा।

उसने मुँह बनाया, लेकिन रणजी दूसरी तरफ देख रहा था और गुनगुना रहा था। इस दौरान कोकी हार को घूरती रही। फिर उसने धीरे

से अपना एक छोटा सा पर्स खोला, और उसमे से चमकता हुआ नया एक रुपया का सिक्का निकालकर रणजी की ओर बढ़ा दिया।

एक रुपया मिलते ही रणजी ने उसे हार दे दिया। उसने सिक्के की गर्माहट को महसूस किया। हालाँकि वह सिक्का ज्यादा वक़्त के लिए उसके हाथ में नहीं रहने वाला था। रणजी के पेट ने शोर मचाना शुरू कर दिया था। उसने तुरंत सड़क को पार किया और जमना स्वीट शॉप की तरफ भागा, वहां पहुँचते ही उसने उस सिक्के को काउंटर पर उछाल दिया।

और बोला, 'एक रुपये की जलेबी दो।'

मिठाई विक्रेता ने सिक्का उठाया, ध्यान से उसको जांचा, फिर रणजी की तरफ देखते हुए एक बड़ी सी मुस्कुराहट बिखेरी और बोला, 'सदा आपकी सेवा में प्रस्तुत है, साहब।' इसके बाद उसने एक पेपर बैग में गर्म जलेबी भरी और उसे दे दी।

जब रणजी घंटाघर पर पहुंचा तो पाया कि कोकी इंतजार कर रही थी।

कोकी ने शर्मीली मुस्कान बिखेरते हुए कहा, 'ओह, मुझे बहुत जोरों की भूख लगी है।'

इसके बाद वे दोनों निचली दीवार पर एक-दूसरे के बगल में बैठ गए, और कोकी ने रणजी की जलेबियाँ खत्म करने में पूरी मदद की।